U0044454

蒼天行盜

第二輯

卷9

喪屍再現

石章魚 著

野心往往會蒙住一個人的心智

目錄

CONTENTS

第一章

最為擔心的敵人

如果羅獵將催眠術用在于廣龍的身上，他一定會老實交代出來，
羅獵並沒有和于廣龍為敵的打算，
畢竟陳昊東、白雲飛之流都不是那麼好對付的，
陳昊東在明處還好說，白雲飛至今都沒有任何的消息，
此人才是羅獵最為擔心的敵人。

羅獵也跟著過去，等到眾人來到六號倉庫，發現四名巡捕倒在地上不停哀嚎，四人中有三人都被折斷了手腳。

于廣龍看到眼前一幕不由得大怒，問道：「發生了什麼事？誰幹的？」他怒視羅獵道：「你的人竟然敢襲擊巡捕！」

羅獵道：「于探長，您老眼昏花啊，所有工人都被你們控制在外面，這倉庫裡只有他們四個，得虧我跟著過來，不然我跳進黃河都洗不清啊。」

程玉菲和麻雀也跟了過來，麻雀道：「是啊，工人都在外面，有名冊可以對照，開槍的是你們吧？到底怎麼回事只有他們知道，搞不好是他們互相殘殺呢。」

于廣龍心中這個怒啊，他抓住一名手下的肩膀大聲道：「說！是誰幹的？」

羅獵道：「是啊，你說啊？」

那名手下向羅獵看了一眼，忽然感覺頭腦一陣眩暈，他顫聲道：「一個黑衣人……」

羅獵笑道：「編故事呢？哪來的黑衣人？」

那巡捕道：「剛才……剛才探長讓我們幾個進來找煙土……」

羅獵道：「哪有什麼煙土？」

那巡捕道：「有的，有的，探長事先安排好了讓人放在六號倉庫兩箱煙土一箱武器……」

于廣龍聽到這裡簡直是晴空霹靂，他慌忙打斷那手下說話，抬腳狠狠踹在他的肚子上，將那名巡捕踹了個屁墩兒，指著他的鼻子罵道：「放屁，瞎了你的狗眼，竟敢污蔑我！」

羅獵意味深長地看了于廣龍一眼道：「于探長別擔心，我又不會相信。」他向另外一名受傷的巡捕道：「你說，他是不是說謊，是不是誣陷于探長？」

那名巡捕呆呆望著羅獵，失魂落魄般道：「他說的都是實話，是于探長故意誣陷你！」

于廣龍心中這個怒啊，這場局的確是他所佈置，可知情人只有剛才那名手下，眼前的這小子壓根什麼都不知道，居然當著那麼多人的面誣陷自己，于廣龍怒道：「反了！把他們給我銬了，全都銬了！」他擔心這幾人會跟著胡說八道，乾脆將四人一起給銬了。

羅獵道：「于探長，這都是你的手下，他們身上還有傷，你這麼幹，豈不是讓跟你的兄弟心涼？」

于廣龍冷冷望著羅獵道：「這裡是公共租界，不需要你教我怎麼做！」他意識到可能自己的計畫已經破滅，再留下只能是自取其辱，大聲道：「收隊！」

羅獵卻攔住了他的去路：「于探長，您這就想走了？」

于廣龍道：「怎麼？聽羅先生的意思是不想放我走？」

羅獵微笑道：「那可不敢，只是您剛才說虞浦碼頭走私煙土，走私武器，擺出那麼大的陣仗，把碼頭搜了個底朝天，是否找到了什麼？」

于廣龍自知理虧，他乾咳了一聲道：「不好意思，可能是情報有誤。」

羅獵道：「于探長一句情報有誤就讓我碼頭停工，你知不知道因為這次的搜捕給我造成了多大的損失？」

于廣龍道：「羅先生想要索賠？」

羅獵微笑道：「我和于探長認識了那麼久，多少還是有點情義在的，你不念舊我也得念舊，有道是做人留一線，日後好相見，你說是不是？」

于廣龍呵呵笑道：「羅先生深明大義，這麼著，我今晚設宴為羅先生壓驚。」

羅獵道：「今晚我可沒空，這麼著，我剛才還在浦江魚館吃飯，沒吃完就因這件事趕過來了，不如你收隊，咱們一起喝上兩杯，于探長意下如何？」

于廣龍道：「在下正在公幹，只怕……」

羅獵道：「于探長不想給我這個面子？」

于廣龍聽出他話裡威脅的意味，事到如今自己的計畫已然落空，而且被手下當眾揭穿他想要陷害羅獵的陰謀，可謂是顏面盡失，看羅獵不依不饒的樣子應該是還有些話要說。

于廣龍斟酌之後，還是答應了羅獵的邀請，他下令收隊，跟著羅獵來到了浦江魚館。兩人重新開了一個雅間，房間內只剩下他們兩個，于廣龍也暗自鬆了口氣，酒壺放在桌上，兩人的杯子都空著，羅獵沒有主動倒酒的意思。

于廣龍看了看那酒壺，內心激烈鬥爭了好一會兒，終於還是主動拿起了酒壺為羅獵斟滿了那杯酒，然後自己又倒了一杯。于廣龍端起酒杯道：「羅老弟，今天的事情實在是對不住，是我情報有誤，就以這杯酒來表達我的歉意。」他在黃浦混了那麼久，能夠爬到如今的位置是因為他懂得什麼時候低頭。

羅獵道：「于探長，大家都是明白人，你我過去曾經有過誤會，不過後來說開了，咱們現在沒什麼過節吧？」

于廣龍笑道：「沒有，沒有，今兒這事全都是誤會，我身為公共租界治安官，別人舉報有違法活動，我總不能坐視不理？其實這次行動對羅老弟只有好處，這不當眾證明了你的清白。」

羅獵道：「聽您這麼一說，今天是幫我做了件好事。」

于廣龍嘿嘿笑道：「咱們哥倆啥也別說了，一切都在酒裡。」

羅獵仍然沒有端起酒杯：「于探長，別看租界看起來一片祥和，可其實暗潮湧動，危險無處不在，法租界的劉探長莫名其妙就沒了，所以幹咱們這行的最重要就是明哲保身，你說是不是？」

于廣龍一臉尷尬，勉強笑道：「是啊，是啊！明哲保身！明哲保身！」

羅獵道：「我這個人做事從來都是不該管的我不去管，跟我沒關係的事我不摻和。」

于廣龍道：「佩服，佩服！」

羅獵卻突然話鋒一轉道：「可別人若是對不起我，主動挑釁到我的頭上，只要他敢做初一，我就得做十五！」

于廣龍又不是傻子，就算是傻子也聽得出來羅獵是在威脅自己。

于廣龍正準備將這杯酒放下去，可羅獵此時卻端起了酒杯跟他碰了一下道：「這杯酒喝完，發生過的事情，無論好壞都一筆勾消，以後啊，我這虞浦碼頭還得靠您的關照。」

于廣龍被羅獵忽冷忽熱的態度弄得不上不下，他現在要是不喝就是不給羅獵面子，只能硬著頭皮喝下了這杯酒：「羅老弟只管把心放在肚子裡。」

于廣龍走的時候主動把賬給結了，畢竟今天他理虧在先，羅獵也算給足了他面子，如果不依不饒追究到底，他肯定會顏面無光，于廣龍怎麼都想不通，自己的手下為何會突然骨折，又為何會當眾出賣自己？

其實于廣龍並沒有搞清楚自己在跟誰作對，羅獵就在他的眼皮底下對那幾名受傷的巡捕動用了催眠術，如果羅獵將催眠術用在于廣龍的身上，他也一定會老老實實交代出來，羅獵現在並沒有和于廣龍為敵的打算，畢竟陳昊東、白雲飛之流都不是那麼好對付的，陳昊東在明處還好說，白雲飛至今都沒有任何的消息，此人才是羅獵最為擔心的敵人。

今天的危機化解張長弓立下頭功，他悄悄潛入碼頭，在四名巡警進入六號倉庫準備栽贓的時候將四人打傷，然後將他們預先安排在裡面的贓物全都投入了江水之中，于廣龍查無實據，又被手下人當眾指認，搞得灰頭土臉，一場危機輕鬆化解。

羅獵回到虞浦碼頭的辦公室，雖然這件事得到解決，卻讓羅獵產生了警惕，今天的事情證明在碼頭內部有奸細，如果不是事先佈置了奸細，那些贓物不可能神不知鬼不覺地放入六號倉庫。

羅獵將盤查內奸的事情交給了張長弓，邵威短時間內也不會走，主動請纓給張長弓幫忙。

羅獵送麻雀和林格妮回去的途中，麻雀道：「我這次去北平發生了一件事，你還記得我家的老宅嗎？」

羅獵點了點頭，他當然記得，麻雀曾經以老宅作為酬金，請他去蒼白山尋找羅行木。

麻雀道：「老宅失竊了。」

羅獵聞言一怔：「丟了什麼？」

麻雀道：「金銀細軟一樣沒丟，丟失了我爸當年的一些手稿資料，還有一些礦石。」

羅獵內心一沉，這件事帶給他的震撼不亞於白雲飛越獄，穿越時空的經歷讓他意識到，在這個時代可能存在著來自未來的穿越者，他的父母就是從未來穿越而來，自己的存在就證明父母已經成功穿越，按照父親的說法，當年來到這個時代的並不只是他們夫婦二人，其他人真如父親所說的那樣已經死去了嗎？

羅獵的沉默讓麻雀感到奇怪，她小聲道：「你在想什麼？表情這麼嚴肅？」

羅獵道：「丟失的東西是不是地玄晶？」

麻雀道：「應該不是，總之沒什麼重要的東西。」

羅獵點了點頭，前面就是麻雀的住處，羅獵將車停靠在門前，麻雀和程玉菲一起下車，下車之後又敲了敲羅獵的車窗。

羅獵落下車窗，麻雀道：「喝杯茶再走吧？」

羅獵道：「不了，我得去巡捕房。」

麻雀笑了起來：「當了督察長整個人就不一樣了。」

羅獵道：「我走了啊！」

麻雀和程玉菲兩人站在門前望著羅獵的汽車直到完全消失，方才轉身去開門，麻雀道：「玉菲，你是怎麼了？感覺有些悶悶不樂。」

程玉菲歎了口氣，跟著麻雀進門之後，脫下外衣，在沙發上坐下：「沒什麼，只是忽然感覺自己的工作已經沒有任何的意義。」尤其是在她看到今天于廣龍設計陷害羅獵的時候，這種感覺格外強烈。法律根本無法用來維護正義，她對眼前的現實深深感到失望。

麻雀道：「咖啡還是茶？」

程玉菲懶洋洋道：「咖啡吧！」

麻雀去煮了咖啡送過來，程玉菲道：「這次打算住多久？」

麻雀道：「可能會待一陣子，短時間內應該不會走。」

程玉菲道：「羅獵的緣故？」

麻雀的臉紅了起來：「胡說，我自己喜歡黃浦。」

程玉菲道：「看情形你是真想給人家當姨太太了。」

麻雀道：「千萬別胡說八道，我現在對感情早已看淡了，人未必一定要結婚，一個人生活獨來獨往的也沒什麼不好啊！人最重要的不是自由嗎？」

程玉菲笑道：「你不用說給我聽，我是個喜歡自由的人，我比你理智得多。」

麻雀道：「我現在就想休息一陣子，然後去充實自己。」

程玉菲道：「充實自己？」

麻雀很認真地點了點頭道：「對，上學！我要去上學。」

程玉菲道：「都老姑娘了還上學。」

「說我，你也是！」

兩人鬧成一團。

陳昊東在未來岳父的面前非常恭敬，雖然他並不認為這位岳父比自己高貴許多，可成者為王敗者為寇的道理自古以來都未曾改變，蔣紹雄過去也是草莽出身，只不過時勢造英雄，如今人家搖身一變成為了黃浦督軍，像他這樣的有許多，南滿的徐北山也是如此。

可一旦登上了這個位子，蔣紹雄之流就滿口的仁義道德，再不希望別人提起他們的過去。對於陳昊東這個未來女婿，蔣紹雄並不滿意，可女兒既然選擇了他，蔣紹雄也不好反對，女兒雲袖是他的掌上明珠，自幼喪母，父女兩人相依為命，蔣紹雄甚至為了這個女兒至今沒有續弦，當然這並不意味著他沒有女人，像他這樣的身分什麼時候也不缺少女人。

陳昊東已經將羅獵步步緊逼的事情向蔣紹雄說了一遍。

蔣紹雄翹著二郎腿抽著雪茄，並沒有太多的表示，他向一旁的傭人道：「雲袖還沒回來嗎？」

傭人道：「啟稟老爺，小姐去參加慈善活動了，說是要晚點才能回來。」

陳昊東看出蔣紹雄對自己的冷淡，他認為是前幾天報紙刊登桃色新聞的影響，恭敬解釋道：「蔣叔叔，前幾天明華日報刊載的報導全都是假的，是那個羅獵故意栽贓陷害我。」

蔣紹雄道：「他為什麼要害你？」

陳昊東道：「您知道的，我過去曾經是盜門的門主，他搶走了我的位子，還搶走了本屬於我的家產。」

蔣紹雄道：「雲袖還常常在我面前誇你年輕有為，怎麼被人欺負成這個樣子？你連自己都保護不好，讓我怎麼能放心將女兒交給你？」

陳昊東沒料到蔣紹雄竟然會說出這種話，一時間尷尬非常，臉漲得通紅，他向來心高氣傲，受到這樣的侮辱，有即刻起身拂袖而去的衝動，可是一想到蔣雲袖溫柔如水的笑靨，他的怒氣頓時消退了許多，就當是蔣紹雄對自己的考驗吧。

陳昊東忍氣吞聲道：「蔣叔叔，如果只是羅獵我當然不會怕他，可羅獵背後的靠山是蒙佩羅。」

蔣紹雄看了陳昊東一眼道：「蒙佩羅？那個法國領事？」

「就是他！」

蔣紹雄道：「他的任期好像就要滿了。」

陳昊東道：「可能就因為任期將滿，所以才無所顧忌，趁著手頭還有權力，趕緊狠狠大撈一筆。」

蔣紹雄道：「這幫洋鬼子沒一個好東西。」

此時外面傳來一個歡快的聲音：「爸，我回來了！」卻是蔣紹雄的寶貝女兒蔣雲袖回來了。

聽到女兒的聲音，蔣紹雄頓時眉開眼笑。

蔣雲袖生得嬌小玲瓏，一身從義大利定製的時裝映襯得她氣質更顯得高貴不凡，看到陳昊東，她笑了起來：「昊東，你什麼時候來的？怎麼沒提前跟我說一聲？」

陳昊東笑道：「剛到，陪叔叔聊天呢。」

蔣雲袖道：「聊什麼這麼開心？」

蔣紹雄道：「開心？我沒覺得啊！」

蔣雲袖來到父親身邊，挽住他的手臂嬌嗔道：「爸，您別板著一張臉，知道您是督軍，可這是家裡，昊東一直都很尊敬你，您可別嚇著人家。」

蔣紹雄將雪茄掐滅，似笑非笑地望著陳昊東道：「嚇著他？膽子這麼小怎麼保護我女兒？」

蔣雲袖道：「人家是尊敬你，又不是怕你。」

蔣紹雄充滿憐愛地摸了摸女兒的頭髮，他向陳昊東道：「昊東啊，這件事啊我知道了，回頭我讓譚參謀去瞭解一下情況。」

陳昊東心中大喜，看來蔣紹雄答應插手這件事。

蔣雲袖道：「昊東，晚上一起吃飯吧！」

陳昊東正想答應，可蔣紹雄道：「女兒啊，昊東生意那麼忙，別耽擱了他的正事，改天吧！」

陳昊東自然不能再厚著臉皮留下來吃飯，他起身道：「是啊，我還有些事情沒辦，雲袖，還是改天了。」

蔣雲袖點了點頭道：「那好，我送你！」

陳昊東道：「不用，不用，你陪叔叔說話，我自己走就是。」

蔣紹雄道：「子明，幫我送送陳先生！」

蔣紹雄口中的子明是他的參謀譚子明，譚子明非但是他的參謀，還是他最得力的助手，是他的軍師，為人足智多謀。譚子明送陳昊東出門，來到門外，陳昊東向譚子明道：「譚參謀，別送了，我車就在這裡。」

譚子明可不是單純送他，順便瞭解了一下陳昊東所說的事情。

陳昊東走後，譚子明來到書房，蔣紹雄已經在書房內等著了，他用雪茄剪剪去雪茄的末端，譚子明走過去為他點燃。

蔣紹雄抽了口雪茄，吐出一團煙霧道：「他說什麼？」

譚子明道：「盜門內部的事情，羅獵的背後有蒙佩羅撐腰。」

蔣紹雄冷哼了一聲，他又抽了口煙道：「這事兒你怎麼看？」

譚子明道：「說穿了還是江湖事，插不插手還要看督軍的意思。」

蔣紹雄夾著雪茄的手指點著譚子明道：「你這小子有什麼話就直說，別跟我拐彎抹角的。」

譚子明道：「陳先生不是跟小姐已經訂婚了？」

蔣紹雄歎了口氣道：「提起這件事我就來氣，雲袖怎麼就看上了他？」

譚子明道：「感情的事情很奇怪，現在年輕人都講究戀愛自由，做家長的如果干涉太多，反而會適得其反。」

蔣紹雄道：「這個陳昊東你也瞭解，他出身盜門。」

譚子明道：「您不是常說英雄莫問出身。」

蔣紹雄道：「你向著他說話。」

譚子明道：「不是向著他，是向著小姐。」

蔣紹雄道：「雲袖一直把你當親哥，不如你幫我勸勸她，黃浦什麼樣的名門望族找不到，非得要在這棵歪脖子樹上吊死？」

譚子明笑道：「雲袖的脾氣您也知道，她認定的事情，十頭牛都拉不回來，我可勸不了她。」

蔣紹雄又歎了口氣。

譚子明道：「這件事幫是不幫？」

蔣紹雄道：「你去探探羅獵的深淺，搞清楚他們兩人的恩怨到底有多深。」

羅獵來到巡捕房，最近巡捕看他的表情都顯得敬畏了許多，應該是從他成立糾察隊開始的，最初的時候，這些巡捕也認為所謂華探督察長只不過是一個虛名罷了，隨著時間的推移，他們發現這位新任華探督察長可不是個樣子貨，成立糾察隊，抓捕振武門弟子，今天又傳出他在虞浦碼頭搞得公共租界于廣龍下不來台的事情。

關於羅獵的傳說也是越來越多，其中最多的一個版本就是他和法國領事蒙佩羅相交莫逆，有了這樣的背景，在黃浦，尤其是在法租界自然橫行無忌。也有人說羅獵是秋後的螞蚱蹦躂不了幾天了，畢竟蒙佩羅的任期將滿，一旦卸任，羅獵也就沒了靠山。

羅獵來到巡捕房聽說王金民不在，他讓人將楊超帶到審訊室中。

楊超此前已經被派了定心丸，這次見到羅獵表情依舊囂張。

羅獵道：「知不知道我為什麼抓你？」

楊超道：「欲加之罪何患無辭，你不用白費力氣了，我有律師，律師不在場的情況下，我拒絕你的任何問話。」

羅獵笑了起來：「說話挺硬氣啊！律師誰給你請的？」

「跟你有關係嗎？」

「梁再軍還是陳昊東？」

楊超冷冷望著羅獵，他拒絕回答。

羅獵道：「我既然把你抓進來，就有足夠的理由，誰都救不了你。」

楊超怒道：「姓羅的，我跟你往日無冤近日無仇，你為什麼要陷害我？為什麼要揪住我不放？」

羅獵道：「別跟我裝無辜，常柴是怎麼死的？」

楊超道：「不認識，我根本就不認識什麼常柴。」

羅獵道：「就算你不認識，可是在常柴被殺的現場，發現了一些證據，有你的血跡和毛髮，這你又怎麼解釋？」

楊超內心一驚，不過想起當時他們一把火將現場燒了個乾淨，還把燒毀後的汽車推到了河裡，只是沒有想到事後仍然被人發現，他估計羅獵不可能發現證據，呵呵笑了一聲道：「你詐我啊？」

羅獵笑道：「你這種小角色還不值得我花費太大的力氣。」

楊超壯碩的胸膛隨著呼吸而劇烈起伏，他已經成功被羅獵激怒。

羅獵並沒有說謊，楊超只是陳昊東手中的一顆棋子，現在自己將他當成一顆打草驚蛇的石子，羅獵的主要目標是陳昊東，抓捕楊超就是為了要讓陳昊東的陣營慌張，讓他們主動出擊。

羅獵道：「我只是想告訴你，我已經掌握了你參與謀殺常柴的證據，如果你乖乖跟我配合，我會對你從輕發落，可如果你冥頑不化，等待你的只有死路一條。」

楊超道：「砍掉腦袋不過碗大的疤，十八年後老子又是一條好漢。」

羅獵道：「你這樣的人永遠成不了好漢，這輩子不是，下輩子也沒可能，對了，我不會殺你，最多只是將你參與謀殺常柴的消息散佈出去，你的同夥為了保住秘密，避免你出賣他們，任何事都做得出，兩天後會把你送到拘役所，沒了巡捕房的保護，你這種人分分鐘有被人滅口的可能。」

楊超雖然知道羅獵在恐嚇自己，可他也清楚如果羅獵當真將消息散佈出去，就等於置他於死地。不過楊超依然硬氣，他大聲道：「你不用多說，大不了就是一死，想讓我出賣朋友沒門！」

「夠義氣！」

此時有巡警過來通報，卻是王金民回來了，他請羅獵去辦公室一趟。

羅獵起身去了辦公室，王金民辦公室的房門開著，他正在接待客人，看到羅獵過來，王金民笑著介紹道：「羅督察長來得正好，這位是譚參謀，他可是蔣督軍跟前的大紅人哦！」

譚子明主動站起身來，微笑著向羅獵伸出手去：「羅督察好，在下譚子明，特地來瞭解一些情況。」

羅獵笑著和譚子明握了握手，第一眼看到譚子明的時候就覺得有些熟悉，當他聽到譚子明自我介紹，說出名字的時候頓時想起了一件事，羅獵道：「我看譚參謀有些眼熟，咱們過去好像在哪裡見過？」

譚子明對羅獵卻毫無印象，他笑道：「我記憶力不好，實在是想不起咱們在哪裡見過。」

在王金民看來，羅獵現在的說辭更像是跟譚子明套關係，他呵呵笑道：「譚參謀上過報，羅督察長又是明華日報的老闆，在報紙上見過照片也很正常。」

羅獵道：「王探長果然高明，我自己都不知道，您都能給分析得頭頭是道，以您這種推理能力，這世上什麼案子也難不住您。」

王金民被他揶揄一通，臉上青一塊紫一塊。

譚子明笑道：「其實這個世界上長得相像的人有很多，我偏偏又長著一張大眾臉，羅督察看我熟悉也並不奇怪。」

羅獵道：「譚參謀儀表堂堂，應該是這個緣故。」

兩人同時笑了起來。

坐下之後，譚子明道：「我今天來此是想瞭解一下楊超的情況。」他開門見山地說出了此來的目的。

羅獵道：「巡捕房的事情王探長最清楚，難道王探長沒有跟您解釋？」

王金民馬上將事情推了個一乾二淨：「這件事我可不清楚，楊超是糾察隊抓的，糾察隊又不歸我管。」

羅獵笑道：「王探長，你這就不對了，糾察隊和巡捕房原本就是一家，我們的共同任務就是維護法租界治安，何必分得那麼清楚？」

王金民道：「我是真不清楚，到底這個楊超犯了什麼罪，我又不知道，所以具體的情況我也無從介紹，再說了，您羅督察親自負責的案子，我怎麼好插手？」

譚子明敏銳地覺察到兩人之間的不和，他笑道：「說起來我還是給兩位添麻煩了。」

羅獵道：「譚參謀認識楊超？」

譚子明道：「他是我的一個遠方親戚，因為被抓，所以他的家人輾轉找到了我這裡，作為親戚總不能袖手旁觀。不過兩位千萬不要誤會我的意思，我今日來此的目的是要瞭解真實的狀況，如果楊超當真犯罪，自然要秉公處理，如果他並沒有什麼大奸大惡的行為，還望兩位給我一個薄面。」

羅獵將一張照片遞給譚子明道：「你說的是這個人嗎？」

譚子明看了看那張照片，頭皮不由得一緊，羅獵真是不簡單啊，一上來就給自己一個難題，譚子明根本就不認識楊超，他自然也無從分辨照片上的人是不是楊超本人，譚子明稍一猶豫就笑了起來：「不怕羅督察笑話，他是我的遠房親戚，我還是在他幼年時見過，我又來黃浦沒多長時間，還沒有來得及跟他相聚，人就被你給抓了，真不知道他現在長成什麼樣子了。」

羅獵笑道：「是啊，莫說是您，我也一樣，家裡的許多遠房親戚因為來往少，早就不知道什麼樣子了。」這譚子明的頭腦還真是靈光。

譚子明道：「我有個不情之請，不知可否安排我和他見上一面？」

羅獵道：「不行！」

譚子明沒料到他會如此乾脆利索的拒絕，心中不由得有些氣惱，自己對羅獵做出禮數，可他卻分明不給自己面子，就算不給自己面子也應當給蔣督軍一些面子，這個羅獵還真是夠狂傲。

羅獵道：「我說不行並不是不給您面子，而是因為楊超這個人很危險。」

譚子明道：「你擔心他對我不利？」

羅獵道：「對於這種危險人物，還是保持距離的好。」

譚子明聽出他話中對自己的警告，點了點頭道：「既然如此，我也不便勉強，兩位，我先走了！」

王金民心中暗樂，這個羅獵做事太強硬，他難道不知道譚子明的背景，譚子明今天前來其實是代表督軍，羅獵不給他面子也就等於不給督軍面子。

羅獵起身道：「我送送譚參謀。」

譚子明笑容不變道：「豈敢勞羅督察大駕。」雖然他不讓羅獵相送，可羅獵卻堅持送他，譚子明只能由著羅獵將自己送到後院的停車場，他在車前停步，向羅獵道：「羅督察不必再送了，您的好意我心領了，今天的事情我會如實向督軍稟報。」他是在告訴羅獵，這筆帳我會讓督軍給你算。

羅獵道：「楊超根本就不是譚參謀的親戚，是督軍讓您來的吧？」

譚子明道：「羅先生能夠在黃浦立足，想必也應該懂得變通的道理。」

羅獵道：「聽譚參謀的口音不像本地人，老家是西北的吧？」

譚子明微微一怔，可馬上意識到其實聽出自己的口音並不難，他點了點頭道：「祖籍的確是那邊的。」

羅獵道：「譚參謀是否有個叫譚子聰的弟弟？」

譚子明此時方才知道羅獵剛才那句話的意思，難怪對方說看到自己有些眼熟，難道他過去當真見過自己？不然何以一口就說出自己弟弟的名字？譚子明打量著羅獵努力回憶著，希望從自己的記憶中能夠找到關於羅獵的蛛絲馬跡。

羅獵道：「尊父的名諱可是天德二字？」

譚子明點了點頭，他低聲道：「你怎麼知道？」

譚天德父子曾經是盤踞在甘邊寧夏的一支悍匪，在羅獵前往那裡的時候他們曾經相遇，開始處於敵對立場，後來因為共同抗擊喪屍而結下淵源，只不過現在他們父子兩人都已經死去多年。

譚子明自幼就離家出走，他因為反感父親的所為，多年未和家中聯繫，等到他在外闖蕩，真正認識到亂世生存的不易，越來越思念家鄉思念親人，這幾年他曾經專程去往甘邊，可是父親和兄弟已經沒有了消息，甚至連他們過去帶著的隊伍也已經解散多年。

譚子明知道家人極有可能遭遇不測，漸漸也就斷了念想，他本以為這個世界上不會有人再認識自己，卻想不到羅獵居然提起了自己的父親和兄弟的名字。譚子明頓時激動了起來：「你認得他們？你知不知道他們現在在哪裡？可不可以告訴我？」對親人消息的渴望已經讓譚子明暫時忘記了他今次前來的主要目的。

羅獵道：「譚先生若是有時間，請隨我來家裡一趟，有些事情我想單獨跟您說。」

譚子明帶著滿心的疑惑，跟隨羅獵一起來到了他的家裡。

因為羅獵的宅子被燒，所以他現在就在法租界新購置了一套別墅，說起來這棟別墅還是他穿越到未來之時曾經待過的地方，只不過那時的產權屬於龍天心，按照未來的物價，這棟別墅的價格可以稱得上天價，不過現在很便宜。

別墅是屬於一個法國商人的，因為要回國等著用錢，所以羅獵將價錢壓得很低，別墅新裝修了不過兩年，幾乎就是全新。

譚子明跟著羅獵進入客廳，目光被客廳內的水晶吊燈所吸引，讚道：「羅督察真是闊綽，督軍府都沒你這裡豪華。」

羅獵笑了起來，他先去酒櫃倒了杯蘇格蘭威士忌，遞給譚子明道：「譚兄等我一會兒，我取樣東西，馬上就回來。」

譚子明聽他對自己的稱呼從譚參謀變成了譚兄，明顯透著親近，他清楚自己和羅獵之間沒那麼熟，抿了口酒，打量著這別墅內的陳設。羅獵讓他稍等一會兒，轉身去了書房。

譚子明等了五分鐘左右方才看到羅獵回來，羅獵手中拿著一個木盒，他將木盒遞給了譚子明。

譚子明放下酒杯，將木盒打開，卻見木盒內放著一個布袋，布袋中裝著一塊懷錶，譚子明看到懷錶的時候整個人愣在那裡，他抑制住激動的內心，打開懷錶，當他看到懷錶內側父子三人合影的時候，再也控制不住內心的感情，眼圈紅了，淚水在他的眼眶中閃動。

羅獵無意在這種時候打擾他，自己倒了杯酒，來到落地窗前，觀望這外面花園的景致。

譚子明摩挲著懷錶，他從懷錶上感受到了父親的氣息，雖然他和家人理念不同，可是血濃於水，離開的這些年他無時無刻不在思念著他們。譚子明好不容易才控制住自己的情緒，他深深吸了口氣，看到背身站在窗前的羅獵，心中暗暗感激他的理解，輕聲道：「羅先生，這懷錶您從什麼地方得到的？」

羅獵道：「十多年前的事情了，當時我在甘邊探險，機緣巧合遇到您的父親和兄弟，我們進入一個叫天廟的地方，您的父親和弟弟先後遭遇了不測，這懷錶就是譚老先生臨終之前交給我的，他讓我有一天如果能遇到一個叫譚子明的人，把懷錶交給他。這些年我一直沒能遇到你，所以也將這件事漸漸淡忘了，我還以為這輩子咱們不會再有機緣碰面，剛才在巡捕房的時候，我聽到你的名字，再看到你的相貌，你和譚子聰長得很像。所以我才會說出咱們過去好像見過的話，譚兄現在明白了？」

譚子明點了點頭，他抿了抿雙唇，紅著眼圈道：「你是說我爹，我弟弟他們都……」

羅獵點了點頭道：「走了十幾年了。」

譚子明其實對此早有預感，雖然如此，可乍聽到親人的死訊仍然感到難以名狀的悲傷。

羅獵又將一卷紙遞給他，譚子明道：「這是什麼？」他展開之後發現上面繪製著一幅圖案。

羅獵道：「譚老先生臨終前委託我將懷錶交給你，他說他的背後紋身是一幅藏寶圖，我臨摹了下來，這幅圖也應該屬於你的。」其實譚天德臨終之前是要羅獵將他背後的皮膚整個揭走，以此作為羅獵幫他的報酬，可羅獵不忍這麼做，憑著自己出眾的記憶力強行將紋身的圖案記下，後來又根據記憶將地圖復原，他知道譚天德搶奪了不少的財富，可羅獵對此並無太多的興趣，所以將地圖和懷錶一併交給了譚子明。

如果說剛才羅獵將懷錶交給譚子明，他已經非常感激，現在拿到這張來自於父親的藏寶圖，譚子明對羅獵的人品產生了極高的評價，羅獵當得起一諾千金這四個字。

譚子明將兩樣遺物收好，真摯道：「羅先生，這份大恩大德我記下了。」

羅獵笑道：「區區小事不容掛齒。」

譚子明道：「實不相瞞，楊超和我並無任何瓜葛，督軍讓我前來過問這件事，是因為陳昊東的緣故。」

羅獵微笑道：「譚兄不說我也猜到了。」

譚子明道：「若是羅先生信得過我，我可以從中斡旋這件事，說服督軍出面，解決您和陳昊東之間的恩怨。」

羅獵道：「多謝譚兄美意，我和陳昊東也不是私人恩怨，此人曾經答應過我要永遠離開黃浦，再不踏足黃浦半步，可是他非但出爾反爾，而且採用卑鄙手段對付我的朋友，有些事我放不下。」

譚子明聽到這裡已經明白了，他點了點頭道：「也好，羅先生，我先告辭！」

羅獵道：「譚兄慢走！以後有機會咱們再把酒言歡。」

譚子明拿起了衣服，戴上帽子，臨出門的時候，他又轉身向羅獵道：「改日不如撞日，羅先生如果有空，晚上我來做東。」

羅獵笑道：「要做東也得是我，你來我這裡就是客人，怎麼能讓你請客。」

譚子明也是個痛快人，他有心結交羅獵這個朋友，點了點頭道：「成，我就不客氣了。」

羅獵知道譚子明還想從這裡多得到一些他親人的消息，兩人去了附近的小紹興，叫了幾樣特色菜，一罈美酒，他們一邊喝酒，羅獵一邊將當年的事情說了一遍，當然羅獵並未和盤托出，只是挑選一些關鍵的情況說了一遍。

譚子明聽說過馬永平鳩占鵲巢的事情，可當年到底發生了什麼他並不清楚，當他聽到一種奇怪的病毒感染了當地士兵，聽說那場生死搏殺之後，也是驚心動魄。

譚子明喝了杯酒道：「我最近一次回去還是七年前，當時就感覺那裡氣氛不對，整個新滿營對往來過路的客人都進行嚴格檢查，現在回想起來應該是這個緣故。」

羅獵道：「那種病毒應該已經徹底消滅了，當時如果不是大家聯手，恐怕那古怪的病毒會迅速擴展開來，恐怕整個華夏都會受到影響。」

譚子明道：「我當年因為看不慣我爹的所作所為所以才離開了家鄉，想不到他老人家臨終之前還為世人做了一件好事。」

羅獵道：「我和譚老先生接觸的時間不久，不過我能夠看出來，他心中始終都在念著你疼著你。」

譚子明因羅獵的這句話鼻子一酸險些流出淚來，他少小離家，本以為有生之年還會有見到父親和兄弟的機會，誰曾想當年一走就已經成為永別，自此以後和家人再無相見的機會。

羅獵為譚子明斟滿了面前的酒杯，譚子明感歎道：「我當年還是太年輕，我記得我爹曾經對我說過，如今這世道，官又如何？匪又如何？又有哪一個不是為自己在盤算？能活下去已經很不容易。現在回頭想想，我對不起我爹，如果不是他，我和弟弟壓根就沒有長大的機會，我還看不起他，想想真是不孝……」

他端起酒杯一飲而盡。

羅獵道：「至少你們父子還共同度過了不少年，至少你能在他的關懷下長大，其實這個世界上比你不幸的人很多，我從小連父親是誰都不知道。」

譚子明擦了擦眼角道：「讓你見笑了，對了，改天我請你去家裡吃飯，賤內的廚藝非常不錯。」

羅獵笑道：「那好啊！」譚子明主動提出邀約，請他去家裡吃飯，由此可見譚子明內心中已經認同了自己，羅獵對譚子明並無利用之心，可是他也不願和新來的督軍蔣紹雄交惡，如果能夠通過譚子明和蔣紹雄相識，進而讓蔣紹雄在對陳昊東的事情上保持中立，那麼對於自己計畫的實施相對容易得多。

譚子明道：「問句不該問的，我聽說前任督軍任天駿和你有仇？」

羅獵搖了搖頭道：「沒影的事兒，我們不但沒有仇怨，反而還是朋友，不瞞你說，他的兒子如今就跟我一起生活。」

譚子明點了點頭，他沒有繼續追問，端起酒杯和羅獵共飲了一杯酒。

第二章

不眠之夜

楊超越獄失敗的事情發生後不久就被通報給了王金民，
王金民不得不從溫暖的被窩中爬起來到巡捕房，
在瞭解現場情況之後，他第一時間通報了陳昊東。
對這些人來說，今晚是個不眠之夜。

譚子明和羅獵分手之後，並沒有直接回家，而是去了督軍府，今天去巡捕房是蔣紹雄的吩咐，他必須要向督軍稟報此行的見聞。

蔣紹雄聽說譚子明來了，讓傭人直接將他帶到了書房，蔣紹雄的鼻子很靈，譚子明走入書房就聞到了他身上的酒味兒。

蔣紹雄道：「這麼晚過來，喝酒去了？」

譚子明笑道：「什麼都瞞不過將軍。」

蔣紹雄打開雪茄盒，示意他拿一支，譚子明來到近前取了一支雪茄，剪開點上，他和蔣紹雄的關係很好，親如兄弟，沒人的時候，蔣紹雄也從不在他面前擺架子。譚子明不止一次救過蔣紹雄的命，蔣紹雄不但把他當成智囊，還把他當成兄弟。

譚子明抽了口雪茄道：「將軍，事情我大概瞭解了一下，那個楊超是振武門的人，羅獵抓他的原因是懷疑他和此前發生的一起謀殺案有關。」

蔣紹雄皺了皺眉頭，低聲道：「陳昊東盡心盡力，這裡面該不會有什麼蹊蹺吧？」

譚子明道：「具體的事情我不清楚，不過有一點我能夠確定，羅獵應該是要對付陳昊東，他們之間水火不容。」

蔣紹雄冷哼了一聲道：「姓羅的不知道陳昊東跟我女兒的關係？」

譚子明道：「這也不是什麼秘密，更何況陳昊東又以此為榮。」

蔣紹雄從他的這句話中聽出了一些別樣的意味，他歎了口氣道：「說句心裡話，我壓根就沒看上陳昊東那小子，我實在是想不通，我女兒怎麼會看上他？」

譚子明道：「感情的事情不好說，年輕人容易被感情衝昏頭腦，這就需要做家長的幫忙把關，必要的時候該提醒還是要提醒的。」

蔣紹雄望著譚子明的目光有些奇怪。

譚子明笑道：「將軍怎麼這麼看著我？」

蔣紹雄道：「你小子此前可不是那麼跟我說的，過去一直都跟我說什麼戀愛自由，年輕人的感情事我管不了。」

譚子明道：「那也要看對象是誰，我今天去巡捕房瞭解了一下情況，首先，那個楊超很可能就是殺人嫌犯，還有一件事，羅獵和陳昊東的確有私怨，這件事說起來要追溯好幾年前，當時他們兩人競爭盜門門主，最後的結果以陳昊東失敗告終，而且陳昊東還被判入獄。」

蔣紹雄道：「這事兒我也有所耳聞。」

譚子明道：「陳昊東當年曾經立下毒誓，他說在有生之年絕不踏足黃浦半步，羅獵也放言，如果他膽敢違背誓言，就要了他的性命。」

蔣紹雄聽到這裡忍不住罵道：「不爭氣的東西，願賭服輸，如此說來是他違約在先。」

譚子明道：「羅獵限他這周內離開黃浦，不然就會採取行動了。」

蔣紹雄道：「姓羅的口氣還真是不小。」

譚子明道：「我見過這個人，的確非同一般。」

蔣紹雄道：「我怎麼聽著你是在幫他說話啊？」

譚子明笑了起來：「我是就事論事，如果在這件事上我做不到從公正的立場來看問題，很可能會讓將軍做出錯誤的選擇。」

蔣紹雄道：「你的意思是……」

譚子明道：「將軍其實心裡明白。」

蔣紹雄歎了口氣道：「你是讓我作壁上觀？」

譚子明道：「其實這件事我真無法給出正確的建議。」

蔣紹雄站起身來，在房間內來回走了幾步道：「子明，雖然你是我的部下，可是我從來都把你當成兄弟一般，你我之間有什麼話都可以直說，你不必吞吞吐吐的，更不用有什麼顧忌。」

譚子明道：「這件事的關鍵其實在小姐。」

蔣紹雄道：「是啊，如果沒有雲袖，我才懶得管這件事，我現在最擔心的就是雲袖這個傻丫頭一心想要嫁給他。」

譚子明道：「如果拋開其他的因素，我看陳昊東不可能是羅獵的對手。」

蔣紹雄道：「真是頭疼，這樣吧，你幫我安排和羅獵見上一面，看在我女兒的份上，我硬著頭皮當一個和事老。」

譚子明道：「將軍這週末的舞會剛好可以請他。」

蔣紹雄點了點頭道：「就這麼辦，大不了讓他和陳昊東各讓一步。」

譚子明應了一聲，可心中卻對這件事並不樂觀，他和羅獵雖然剛剛認識，可他卻感覺到羅獵是個不會輕易放棄的人，至於陳昊東，此子野心勃勃，他也不會就此放棄，現在最關鍵的是蔣雲袖的態度，如果蔣雲袖一心認定非陳昊東不嫁，那麼督軍最終肯定會站在女兒這一邊，如果蔣雲袖和陳昊東的感情產生了變化，那麼這件事必然會走向另外一個不同的結果。

外面傳來陣陣雷聲，譚子明向蔣紹雄告辭，看來要下雨了，想起在家中等待自己的妻兒，他要儘快回去。

楊超坐在巡捕房的囚室內，聽著隔壁犯人的呼嚕聲，不禁感到一陣陣的心煩，雖然陳昊東通過關係傳遞消息，讓他放寬心，很快就可以將他無罪釋放，可楊超自從見過羅獵之後就開始感到不安。

羅獵威脅他要將消息散佈出去，他沒有招供，可如果羅獵真的這麼做，外面的人是不會相信自己的，再有兩天就要把自己送到拘役所，那裡魚龍混雜，如果自己無法出去，不排除有人斬草除根的可能。陳昊東直到現在都沒有把自己弄出去，證明他和羅獵的鬥法中居於弱勢，楊超越來越不安，他只是一個小小的棋子。

巡捕例行過來巡視，在楊超的囚室外停步，楊超認識此人，此人正是之前過來向他通風報訊之人。

那巡捕向楊超招了招手，楊超湊了過去，巡捕小聲道：「我放你出去。」

楊超心中一怔，有些不解地望著對方，現在放自己走不等同於越獄一般？他不知對方到底是什麼意思。

那巡捕一邊打開牢門一邊道：「再不走，就只能在這裡等死！走得遠遠的，去一個沒人認識你的地方。」

楊超點了點頭，事到如今也只能如此，他跟著那名巡捕快步向外走去，外面沒有人，巡捕做了個手勢，示意外面安全，楊超大步向外面走去。那巡捕帶著他沿著樓梯來到了樓頂，指了指北邊道：「我只能送你到這裡了，你一直走，北邊有一道緊急樓梯，你可以從那裡離開。」

楊超抱了抱拳，徑直向北邊的應急樓梯走去，那巡捕在楊超背身離開的時候，悄悄摸出手槍，楊超走了幾步，猛然回過頭來，卻見那巡捕舉槍瞄準了自己，楊超驚聲道：「你……」

那巡捕冷笑道：「你怨不得我，怪只怪你胡亂說話。」

楊超道：「你殺我之前可否讓我死個明白，是不是陳昊東派你來的？」

那巡捕點了點頭，舉槍瞄準了楊超的胸口，他大聲道：「有人越獄了！」

楊超雖然有一身的武功，可是面對手槍根本無能為力，在這麼短的距離下，他沒可能逃過對方的槍口，大吼一聲向那名巡警衝去，心中暗忖就算是我死，也要拉你同歸於盡。

千鈞一髮之時，遠處傳來一聲槍響，一顆子彈射中了那名巡捕的太陽穴，從兩個太陽穴對穿而過，巡捕還未來得及扣動扳機，就撲倒在了地上。

此時聞訊趕來的巡捕也已經衝上樓頂，怒喝道：「趴在地上，雙手放在腦後。」

楊超沒有冒險繼續逃走，剛才應該是有人救了他，如果不是藏在遠處的狙擊手射殺了那名巡捕，此刻自己已經被他殺死了，楊超心中又是後怕，又是憤怒，就算不用大腦他也知道是誰要把自己置於死地。

那群巡捕上來將楊超摁住，重新將他帶回了巡捕房。

楊超越獄失敗的事情發生後不久就被通報給了王金民，王金民不得不從溫暖的被窩中爬起來到巡捕房，在瞭解現場情況之後，他第一時間通報了陳昊東。

對這些人來說，今晚是個不眠之夜。

王金民抵達巡捕房後，連夜提審了楊超。

楊超斷然否認自己和那名巡捕的死有任何關係，他大聲道：「遠處應該有狙擊手埋伏，他本想殺我，可在動手之前被別人給殺了。」

王金民禁不住冷笑道：「你的意思是說我手下的巡捕想要陷害你？」

楊超道：「如果不是他開門，我怎麼離開？」

王金民道：「你是盜門出身，撬門別鎖對你們來說並不是什麼難事。明明是你想要越獄，值班巡捕發現之後一路追蹤你到天台，是你搶奪槍支殺死了他！」

楊超聽到這裡心中已經明白，王金民也是和陳昊東穿一條褲子的，擺明了要把自己逼入絕境，楊超道：「你想害我！」

王金民冷笑道：「事實擺在眼前，由不得你不承認！」

楊超道：「我承認什麼？我沒做過為什麼要承認？」

王金民道：「來人，好好伺候他！」

梁再軍連夜趕到了陳昊東的家裡，在此之前他給陳昊東接連打了幾個電話，可是對方的電話總是無人接聽，梁再軍冒著大雨前來，也是逼不得已而為之。梁再軍雖然不是什麼好人，可對楊超這位徒弟卻是非常關愛，楊超從小就在他身邊長大，可以說他對楊超的感情不僅僅是師徒，更像是父子。

陳昊東其實也醒著，自從他得知楊超躲過一劫，就開始坐立不安，這場刺殺是他所安排，其實當他看到未來岳父蔣紹雄對這件事有些冷淡，就意識到自己必須做兩手準備，最穩妥的辦法就是將楊超滅口，只要楊超死了，一切就會死無對證，他自然也不會害怕羅獵的威脅。

按照陳昊東的計畫，此事應當十拿九穩，先讓人假意幫助楊超逃獄，然後在他逃獄的過程中將之殺死，這樣整件事就天衣無縫。只是人算不如天算，他並沒有想到計畫如此周密的事情仍然會失敗。

陳昊東本不想和梁再軍見面，可是想到將梁再軍拒之門外的後果，還是決定跟他見上一面。

梁再軍身上都已經濕了，可見他的心情如何焦急，楊超的事情對他來說至關重要。

陳昊東打著哈欠走下了樓梯：「老梁啊，這麼晚了，外面又下著暴雨，什麼急事啊？」

梁再軍道：「陳先生，楊超在巡捕房出事了，怎麼您不知道？」

陳昊東一臉無辜道：「我真不知道，到底怎麼回事？」

梁再軍心中對陳昊東是一點都不信任，可他也不能當面揭穿，於是將事情的前因後果說了一遍。

陳昊東道：「怎麼?你懷疑這件事跟我有關？」

梁再軍道：「不敢，我可沒有這樣的想法。」

陳昊東道：「楊超是自己人，我怎麼可能這麼對他，一定是羅獵，他故意這樣做，以此來分化我們，造成我們內部相互猜忌。」他將這件事的責任推了個一乾二淨。

梁再軍道：「陳先生，楊超從小跟在我身邊，是我一手將他帶大，在我看來，他如同我親生兒子一般，所以我就算花費再大的代價都要將他救出來，您明白嗎。」

陳昊東從他說出這番話就猜到梁再軍對自己產生了疑心，他的語氣也開始變得有些強硬了：「老梁啊，你還是不相信我對吧？」

梁再軍道：「不敢，以您的身分又何必欺騙我？」嘴上那麼說，可他的表情卻分明流露出不滿。

陳昊東怒道：「老梁啊老梁，如果我想害楊超，又何必卑躬屈膝地去向督軍求助？如果我想將他滅口，又何必等到今日？你跟我相識那麼多年，難道你還不瞭解我？」

梁再軍對陳昊東始終存著敬畏，見到陳昊東生氣，他的態度瞬間軟化了下去：「陳先生，您知道的，我對您忠心不二，日月可鑒，我絕沒有埋怨您的意思。」

陳昊東道：「老梁啊，其實在我心中一直都當你是我的大哥一樣。」

梁再軍充滿感動道：「不敢，不敢，您才是名正言順的門主。」

陳昊東又向梁再軍做了一番保證，梁再軍這才向他告辭。

離開陳昊東的住處，站在門廊處，梁再軍望著外面的大雨，臉上的表情瞬間變得陰鬱起來，他快步來到自己的汽車前，說起來這輛汽車還是陳昊東送給他的禮物，當時梁再軍為此大大激動了一番，甚至想到了士為知己者死，可在楊超的事情發生之後，陳昊東在他心中的形象已經一落千丈。

司機恭敬道：「館主，回去嗎？」

梁再軍想了想，聲音低沉道：「大正武道館。」

梁再軍知道這個時候去拜訪別人實在是太唐突了，可是他沒有辦法，剛才和陳昊東的見面讓他意識到此人已經不能指望，而楊超在巡捕房內多待一會兒，就多一分危險。

船越龍一聽聞梁再軍前來，還是接見了他，梁再軍渾身上下被雨水淋得濕漉漉的，顯得有些狼狽，在船越龍一的印象中，梁再軍一向打扮得還算齊整，從今天這個一反常態的樣子來看，肯定是發生了大事。

船越龍一道：「梁館主有什麼急事？」

梁再軍沒有拐彎抹角，將自己遇到的麻煩說了一遍，船越龍一聽他說完，就知道他是要自己出面幫忙救人，沉吟了一會兒道：「這件事我可以幫你。」

翌日清晨，羅獵在聽聞楊超越獄殺人的消息後第一時間來到了巡捕房，王金民討好地向他彙報了昨晚的情況，並拿出了楊超親筆簽字畫押的供詞，在這份供詞裡面他承認了是他利用手段打開牢門，然後又搶奪槍支殺死了阻止他的巡捕。

王金民道：「證據確鑿，已經可以定案了。」

羅獵道：「人犯在什麼地方？」

王金民道：「因為昨晚的事情，證明巡捕房並不安全，所以我一早已經派人將他送往城西拘役所，您放心，我派了很多警力，確保萬無一失。」

羅獵道：「王探長若是能夠做到萬無一失，昨晚的事情就不會發生。」

王金民頓時語塞，心中暗罵羅獵多管閒事。

其實羅獵對楊超的死活並不擔心，楊超供出同夥的事情也是他故意讓人散佈出去的，昨晚的事情他非常清楚，一定是有人要借著這個機會將楊超滅口，以免除後患，此事發生之後，陳昊東陣營內部勢必會出現分化，羅獵就是要利用這一契機瓦解他的力量。

從王金民在這件事上的做法能夠看出，他很可能和陳昊東私下有勾結。

羅獵已經達成了自己的目的，他正要借機訓斥王金民的時候，卻見一名巡捕慌慌張張跑了進來，向王金民道：「不好了！不好了……」說到這裡，他方才看到羅獵在場，趕緊停下說話。

王金民道：「說吧，羅督察長也不是外人。」他是故作大度。

那巡捕道：「護送楊超的囚車遭劫，咱們的兄弟六死五傷。」

王金民聽到這個消息頓時傻了眼，愣然道：「什麼？你……你再說一遍！」

羅獵聽得清楚，冷笑道：「王探長，連我都聽清楚了，你居然還沒聽清？這就是你說的萬無一失？」

王金民道：「我……我也沒料到會發生這種事。」

羅獵道：「沒料到？當初我把嫌犯交給你的時候你是向我怎麼保證的？王探長，那楊超可是殺人要犯，如今人丟了，這個責任誰來承擔？」

王金民一顆心沉到了谷底，囚車被劫，六死五傷，前面的事情還好說，可這麼多的傷亡自己是不可能不負責任的，畢竟是自己做出的命令，王金民知道完了，自己的烏紗十有八九是保不住了。

和王金民同樣慌張的還有陳昊東，在得知楊超被救走之後，他第一時間就聯絡了梁再軍，可是梁再軍壓根連他的電話都不接，陳昊東知道，昨晚的事情之後，梁再軍和他之間產生了芥蒂，當時梁再軍雖然沒有表示出來，可是梁再軍也不是傻子，他分明已經將巡捕房發生的事情算在了自己的頭上，認為是自己要殺人滅口。

陳昊東開始感到後悔，在沒有確定楊超出賣自己就決定滅口的行為終於造成了莫大的麻煩，因為這件事梁再軍不會再忠誠於他，而楊超現在下落不明，還不知道到底落在誰的手上？只要他活在世上一天，就是一顆隨時都可能引爆的定時炸彈。

陳昊東終於反省過來，整件事都是羅獵在設計，利用楊超來分化他和梁再軍，而自己的盲動恰恰中了羅獵的圈套，陳昊東懊惱無比，他以為自己通過這些年的磨礪已經有了和羅獵一戰的實力，然而剛剛交手，羅獵就表現出全面碾壓的實力，進而摧垮了他的信心。

陳昊東躺在沙發上，意識到自己可能永遠也奪不回盜門了。

門鈴響起，陳昊東向傭人道：「我誰都不想見！」

傭人道：「是蔣小姐！」

陳昊東聽到是蔣雲袖前來，馬上自沙發上坐了起來，整理了一下衣服，此時蔣雲袖已經走了進來，她的臉色並不好看，來到陳昊東面前，質問道：「我聽說你要離開黃浦？」

陳昊東心中一怔，馬上就想到一定是羅獵威脅自己要在一周內離開黃浦的事情傳到了她的耳朵裡。他笑道：「又聽到什麼風言風語了？最近關於我的謠言也太多了一些。」

蔣雲袖道：「空穴來風未必無因，好端端的別人都說你做什麼？」

陳昊東歎了口氣道：「還不是因為那個羅獵，他跟我有仇，所以才想盡一切辦法不擇手段地報復我，上次報紙上的那些假新聞就是他一手編造。」

蔣雲袖道：「好可惡，這個人為什麼要盯住你不放？」

陳昊東道：「總之我答應你，我哪裡都不去，什麼地方都不去，就在這裡陪著你，過幾天我就去向蔣叔叔提親。」

蔣雲袖聽到提親頓時臉紅了起來，小聲道：「誰說要嫁給你了？」

陳昊東道：「反正我是非你不娶。」他雙手握住蔣雲袖的肩膀，正想將她擁入懷中，突然電話鈴響了起來，陳昊東皺了皺眉頭，這個電話來得可真不是時候，他還是放開蔣雲袖轉身去接電話，畢竟他心緒不寧，總覺得這電話也和楊超的事情有關。

電話那端傳來一個低沉的聲音：「福滿園！」

福滿園是公共租界的一家茶館，這裡不單單可以飲茶，還可以聽戲，陳昊東現在可沒什麼心情聽戲，好言好語勸走了蔣雲袖之後，他來到了這裡，預定號的桌子仍然空著，四處張望了一會兒，並沒有看到目標人物出現。

陳昊東只能先向小二叫了壺茶，又要了些瓜子點心，耐著性子等，舞台上的表演已經開始，陳昊東對戲曲向來沒多少興趣，更何況舞台上唱的是地方戲，他又不是黃浦出生，壓根連戲詞都聽不懂，不過這戲台上女子的聲音還算動聽。

直到陳昊東換了第二壺茶，方才看到一位身姿曼妙的少婦來到自己的旁邊，不等他邀請就已經坐了下去，向他飛了個柔媚的眼波兒。

陳昊東並不認識此女，只當她是過路攬客的流鶯，不過看她的舉止氣度又不像，那少婦道：「陳先生是吧？」

陳昊東微笑道：「我在等人。」

少婦道：「你等的人不來了，他讓我幫忙轉告你。」

陳昊東為她倒了杯茶，雙手送到她的面前，少婦伸手接過茶杯，白嫩的雙手細膩如瓷，她的身上帶著一股動人心魄的香氣，在這麼近的距離下陳昊東聞得清楚，他心中暗忖，此女到底是誰？

少婦道：「救走楊超的是船越龍一。」

陳昊東皺了皺眉頭，他並沒有想到這一層，原來梁再軍是向船越龍一求助，而船越龍一在無法正面解救的情況下，採用了在中途劫獄的辦法，並最終奏效。陳昊東從心底鬆了口氣，雖然這個結果算不上特別理想，可畢竟要比人落在羅獵的手裡強得多。梁再軍救走楊超，至少楊超不可能站出來指認自己。

陳昊東道：「小姐貴姓？」

少婦嫣然笑道：「邱雨露！」

「原來是邱小姐。」

邱雨露道：「先生建議你離開黃浦暫避風頭。」

陳昊東搖了搖頭道：「我不會走！」

邱雨露起身道：「需要轉達的我都轉達到了。」她伸手拍了拍陳昊東的手背，順便向他拋了個媚眼兒。

陳昊東有些錯愕地望著她，那邱雨露已經婷婷嫋嫋地走了，她來得突然，走得同樣突然。

陳昊東沒有起身相送，發現桌上留有一封信，顯然是邱雨露留下的，陳昊東展開那封信，看過之後眉頭鎖得更加厲害。

邱雨露離開福滿園，穿過兩條街巷，不時回身觀察一下，確信無人跟蹤自己，這才上了一輛停在路邊的汽車，她啟動汽車，後座上傳來一個低沉的聲音道：「東西給他了？」

邱雨露點了點頭道：「給了。」

後座上的人歎了口氣道：「我高估了陳昊東。」

邱雨露道：「現在發現還不算晚。」

「是時候啟動B計畫了。」

邱雨露道：「我會儘快做出安排。」說完之後，她停頓了一下又道：「您認為陳昊東沒機會了？」

「一個扶不起的阿斗！難怪當初在占盡優勢的條件下會把盜門給丟了。」

蔣雲袖失蹤了，這個消息對陳昊東來說無異於晴天霹靂，拋開他和蔣雲袖的關係不言，最關鍵的一點是，蔣雲袖是在從他家裡離開之後失去消息的。

人是在公共租界失蹤，蔣紹雄讓譚子明調動一切可以調動的力量，動用所有的關係去找人，在蔣雲袖失蹤五個小時之後，發現了她的汽車，司機和她都不在車內，從車內的狀況分析，基本上能夠斷定蔣雲袖是被人劫持了。

陳昊東趕到現場的時候，譚子明和于廣龍都在，兩人正在車旁聊著目前掌握的情況。

陳昊東走了過去，跟兩人打了個招呼，關切道：「于探長，有沒有什麼進展？」

于廣龍搖了搖頭道：「目前還不能確定是事發後有人將車開到這裡，還是這裡就是劫案現場。」

譚子明道：「據我所知，當時小姐去了你家，她是在從你家返程的途中發生的意外。」

陳昊東從譚子明的語氣中已經聽出他對自己的不悅，陳昊東點了點頭道：「不錯，當時雲袖的確去了我家，我因為有急事出門，所以我也就沒有和雲袖一起出去。」

譚子明道：「小姐說要和你一起出去玩的。」

陳昊東皺了皺眉頭道：「譚參謀，我是突然有事。」

「什麼事？你去辦了什麼事？」譚子明的態度有些咄咄逼人。

陳昊東道：「譚參謀，您該不是懷疑我和雲袖的失蹤有關吧？她是我的未婚妻，我怎麼可能害她？」

譚子明道：「可能就因為她是你的未婚妻，所以才遭遇了這個麻煩。」

陳昊東被譚子明的態度激怒了，他分明是在指責自己，聽他的意思，就算蔣雲袖不是自己綁架的，也是因為自己被綁架，陳昊東道：「我可以提供不在場的證明，我就算傷害自己也不可能傷害雲袖。」

譚子明冷笑一聲道：「你現在說這些有什麼用？如果小姐沒事，那麼最好不過，可如果小姐發生了什麼事情，你自己去向督軍解釋。」

想到蔣紹雄對女兒的愛護，再想起他對自己一直以來不冷不熱的態度，陳昊東不寒而慄，萬一蔣雲袖發生了不測，蔣紹雄肯定不會放過自己，畢竟蔣雲袖是從自己家裡離去的時候發生的意外，自己不可能擺脫掉干係。

陳昊東歎了口氣道：「我覺得現在爭論這些毫無意義，最重要的是儘快找到雲袖。」

于廣龍也趁機當個和事老道：「陳先生說得不錯，目前最重要的事情是儘快找到蔣小姐，確保她的人身安全。」

譚子明毫不客氣地問道：「確保她的人身安全？怎麼確保？現在她人在劫匪手裡，你告訴我應該如何確保？」

于廣龍被問得張口結舌，他雖然是公共租界巡捕房的負責人，可是他還是不敢得罪手握軍權的蔣紹雄。

譚子明道：「租界的事情我們不好插手，不過人是在租界丟的，所以督軍只能找于探長要人，如果于探長不能儘快將小姐找回來，那麼督軍只能去找領事了。」

于廣龍道：「譚參謀，請轉告督軍，卑職一定動員所有的力量，就算將租界翻個底兒朝天，也一定要找到蔣小姐。」

譚子明向陳昊東道：「陳先生，看來短期內你是不能離開黃浦了，如果找不到小姐，你自己去向督軍解釋。」

蔣紹雄已經動用一切可能的力量，讓手下在整個黃浦展開大範圍的搜捕，雖然他貴為督軍，掌握黃浦軍權，可是想要在偌大的城市找到一個人，無異於大海撈針，蔣紹雄只有一個女兒，他對女兒看得比自己的生命更加重要。

譚子明回來向他報告了目前的進展狀況，蔣紹雄沒有得到想要的結果，氣得抓起茶杯狠狠扔在了地上，茶杯摔得粉碎。

譚子明抿了抿嘴唇，中斷了彙報。

蔣紹雄怒道：「我早就勸雲袖不要跟那小子來往，可她就是不聽，現在好了，根本就是被他連累了，他得罪了那麼多人，一定是有人想要通過綁架雲袖來對付他。」

譚子明道：「督軍，目前還不知道具體的情況，通常綁架的目的不是為了求財，就是想要脅做事，我看小姐暫時不會有什麼事情。」

蔣紹雄道：「你看？你又不是綁匪，你怎麼知道？」他猶如一頭暴躁的獅子，來回走了幾步，大聲道：「應該是陳昊東的敵人做的，你去問問那個姓羅的，這件事跟他有沒有關係？」

譚子明道：「羅獵是法租界華探督察長，他應該不會做這種知法犯法的事情。」

蔣紹雄道：「他和陳昊東有仇，還放言要將陳昊東趕出黃浦。」

譚子明心中暗歎，關心則亂，現在蔣紹雄已經因為女兒被綁架亂了方寸，他點了點頭，目前只能按照蔣紹雄的話去做，雖然他並不相信羅獵會做出這樣的事情，可是去調查一下也沒什麼損失。

羅獵也聽說了督軍女兒被綁的事情，因為案件發生在公共租界，所以並沒有對他們造成什麼影響，法租界巡捕房也只是配合調查，最近因為楊超在轉移途中被救，巡捕六死五傷的事情，他們目前自顧不暇，哪還能分出精力去管公共租界的案子。

譚子明按照蔣紹雄的吩咐過來找羅獵，可是他當然不能將蔣紹雄的懷疑說出來，只是向羅獵尋求幫助，希望羅獵能夠幫忙找人。

羅獵何其精明，馬上就意識到譚子明來找自己的目的是醉翁之意不在酒，他笑道：「譚兄，您該不是懷疑我和這件事有關吧？」

譚子明趕緊否認道：「絕沒有，絕對沒有這個意思，督軍只有這麼一個寶貝女兒，現在他已經是方寸大亂，雖然督軍已經派出了所有的力量去尋找，可租界方面的狀況非常特殊，尤其是法租界，所以我才找羅老弟幫忙。」

羅獵道：「綁匪總要有目的吧？綁架督軍女兒後果是非常嚴重的，譚兄啊，陳昊東在黃浦得罪的也不止我一個。」

譚子明道：「羅老弟還是多慮了，我來找你真的是想讓你幫忙。」

羅獵道：「幾乎所有人都知道我和陳昊東有恩怨，把我列為懷疑對象也實屬正常，換成我也一定會做這方面的考慮。這樣吧，在辦案方面並非是我的所長，不如我陪你去找程玉菲，放眼整個黃浦沒有人比她更厲害。」

兩人直接去找了程玉菲，程玉菲的職業決定她對黃浦發生的要案都非常關注，有羅獵作為引薦，她對譚子明也非常客氣，在聽譚子明說完目前掌控的所有資料之後，程玉菲指出蔣雲袖應該在前往陳昊東處之前就已經被人給盯上了，如果當時陳昊東和蔣雲袖一起出門，蔣雲袖沒有獨自返程，或許這場劫持案件當天就不會發生。

程玉菲道：「你們知不知道陳昊東當天去了什麼地方？去見了什麼人？」

譚子明搖了搖頭，目前瞭解到的狀況是陳昊東去福滿園戲樓，至於他去那裡到底是為了聽戲還是為了見什麼人還不知道。他思索了一會兒道：「我覺得陳昊東作案的可能性不大，畢竟他和蔣小姐是有感情的，而且他不敢招惹督軍。」

程玉菲道：「我不是說他策劃了這件事，我只是覺得奇怪，我們不妨做一個假設，如果這場劫案是有人在預先策劃，那麼陳昊東前往福滿園就是被人有意支開。」

譚子明恍然大悟道：「我怎麼沒有想到，只要查到陳昊東去見了什麼人，就應該可以找到線索。」他起身這就要去找陳昊東。

程玉菲道：「只怕他未必肯對你說實話，這樣，我去福滿園，查探一下當時的情況。」

羅獵道：「我跟你一起過去。」

譚子明道：「有勞兩位了。」

羅獵笑道：「都是朋友，這種事情理當出手幫助的。」

第三章

人生何處不相逢

陳昊東猜到對方的身份，伸手將頭上的頭罩拽了下來，
果不其然，他看到了對面的羅獵，
羅獵向他笑了笑：「人生何處不相逢！」
陳昊東憤怒，胸口劇烈起伏著，他感到受了奇恥大辱。

陳昊東非常緊張，蔣雲袖不但是他的未婚妻，還是他未來發展的希望，只要順利迎娶蔣雲袖，就能夠獲得蔣紹雄的支持，進而得到整個黃浦軍方的支持，如果蔣雲袖遇到什麼意外，自己的抱負就會全部落空，不僅如此，蔣紹雄甚至會跟自己因此而反目成仇，自己在黃浦極有可能無法立足。

陳昊東動用了自己所能動用的一切力量，他在黃浦的多半行動都要依仗於振武門，要通過梁再軍的幫忙，可是在楊超的事情之後，他和梁再軍之間已經產生了裂痕，雖然表面上梁再軍仍然對他畢恭畢敬，可事實上最近都沒有聯絡。

陳昊東硬著頭皮給梁再軍打了個電話，畢竟沒有他的財力支持，梁再軍僅僅依靠著開武館是不可能在黃浦活下去的，梁再軍答應得很痛快，表示馬上就派徒弟們尋找蔣雲袖的下落。

放下電話，陳昊東準備去督軍府一趟，早晚都得面對，如果一直不去，肯定會被蔣紹雄看低，把他看成一個沒有擔當不負責任的小人。

陳昊東來到督軍府的時候已經是夜幕降臨，他這邊下車，正看到譚子明從裡面出來，陳昊東主動跟譚子明打了個招呼。

譚子明道：「陳先生來得正好，我正準備要去找你呢。」

陳昊東道：「是不是雲袖有消息了？」

譚子明道：「進去再說吧。」

陳昊東跟著譚子明走入督軍府，剛剛走進大門，就聽到蔣紹雄憤怒的叫聲，陳昊東內心中打了個激靈，從蔣紹雄暴怒的情緒就能夠猜到蔣雲袖仍然沒有半點消息。

蔣紹雄重重將電話放下，轉身看到了陳昊東，臉上的表情越發陰鬱。

陳昊東硬著頭皮招呼道：「蔣叔叔……」

蔣紹雄毫不客氣地打斷他道：「不要跟我套關係，我不是你叔叔，你給我老實交代，雲袖去了什麼地方？」

陳昊東苦著臉道：「蔣叔叔，我真不知道，我已經動用了一切可以動用……」

「少給我扯犢子！」蔣紹雄恨不能一腳將這貨踹出門去，可想了想最終還是忍住了怒火，他拿起尚未抽完的雪茄用力抽了兩口，夾著雪茄的手指著陳昊東道：「雲袖是從你那裡回來的途中出的事，你為什麼不送她回來？」

「我當時有急事所以……」

「什麼了不得的事情？再大的事情能比我女兒更加重要？我看你心裡根本就沒有她！」

「不是，蔣叔叔，我可以為雲袖去死！」陳昊東急切地表白道。

蔣紹雄冷哼一聲道：「這句話我記住了，如果雲袖出了任何事，我要你償命！」

陳昊東內心一顫，他知道蔣紹雄絕不是在恐嚇自己，他既然說得出就應該做得到。

譚子明道：「陳先生，我聽說你當時是去了福滿園戲樓，你去聽戲啊？」

陳昊東被他問住了，在他看來譚子明現在的問話無異於補刀，他搖了搖頭道：「不是……我……我是去見一位老朋友。」

譚子明道：「老朋友？誰啊？這麼重要！」其實他已經接到了羅獵和程玉菲那邊的消息，根據他們兩人的調查，陳昊東去福滿園見了一位女子，那位女子非常美麗，所以戲樓的夥計記得非常清楚。

陳昊東道：「談生意！這件事好像和雲袖無關吧。」

譚子明冷冷道：「黃浦雖然不小，可只要想查，總能查得出來，你當時是去見一個女人，聽說還長得頗有姿色，而且你們在大庭廣眾之下拉拉扯扯，顯得頗為親密。」

聽到這裡蔣紹雄已經忍不住了，他將雪茄狠狠摁滅，咬牙切齒地罵道：「王八蛋，枉我女兒對你一片真心，你竟然敢背著她在外面勾三搭四！」

陳昊東叫苦不迭道：「蔣叔叔，不是這樣的，我的確是見了一個女人，可是我也是第一次見到，之前我都不認識她，我約的人沒去。」

蔣紹雄霍然起身道：「滿口謊言，你能騙過我女兒，以為騙得過我嗎？」

陳昊東道：「蔣叔叔，您聽我解釋……」

「來人！把他給我綁起來，不給你點苦頭，只怕你不肯說實話。」

陳昊東後悔不迭，早知如此自己就不該送上門來，他分辯道：「我不可能害雲袖，我怎麼可能害她！」

譚子明道：「督軍息怒，此事必有蹊蹺，我看陳先生應該不會害小姐。」

陳昊東聽他為自己說話，暗自鬆了口氣，這譚子明總算說了句人話。

譚子明又道：「不過我懷疑這件事和他有關，綁架小姐的極有可能是他的仇家。」

蔣紹雄點了點頭道：「不錯，一定是你得罪了人，所以他們才抓了我的女兒。」

陳昊東道：「督軍息怒，如果是因為我，我甘願用我自己的性命去換雲袖的平安。」

蔣紹雄道：「你的命在我眼裡一文不值。」

譚子明道：「陳昊東，你老實交代，今天你去福滿園見了誰？難道你不覺得奇怪，你前腳出門，後面小姐就被綁架，你不覺得這件事是個圈套？」

陳昊東沒有說話，在蔣紹雄和譚子明看來這廝是理屈詞窮。

蔣紹雄道：「你老老實實交代，到底去見了誰？如果還不說實話，老子今天就把你關起來。」

陳昊東道：「我只知道她叫邱雨露，我是第一次見她，她讓我離開黃浦，我對她幾乎一無所知。」

蔣紹雄恨恨點了點頭道：「一無所知？說得跟真的一樣，陳昊東，你最好沒騙我，如果讓我發現你敢玩花樣，後果如何你自己清楚。」

譚子明道：「陳昊東，你剛才說去見哪位老朋友？他為何沒有出現？」

陳昊東道：「一位我父親的故友，他叫楊國義。」他是信口胡謅，因為他意識到如果拒絕回答，恐怕今天這一關很難過去。

蔣紹雄道：「子明，馬上派人查這兩個人，就算掘地三尺也要將他們找出來。」

陳昊東道：「我已經動員了所有……」

蔣紹雄不耐煩地擺了擺手道：「你走吧，我不想再看見你！」

陳昊東灰溜溜離開了督軍府，心底卻感到幾分慶幸，如果激怒了蔣紹雄，真可能把自己給抓起來，自己的處境真是越來越麻煩了。

陳昊東離去之後，蔣紹雄向譚子明道：「給我盯著他，這小子沒說實話。」薑是老的辣，在陳昊東回答問題的時候，眼神飄忽不定，蔣紹雄一看就知道在這件事上他一定還有所隱瞞。

譚子明點了點頭道：「督軍可否把這件事放手給我？」

蔣紹雄愣了一下，不過他很快就明白了譚子明的意思，點了點頭道：「你只管放手去做，如果證明這件事跟他有關，我不介意讓雲袖傷心一次。」

陳昊東來到車前，準備拉開車門離開的時候，聽到譚子明在後方喊他，陳昊東停下腳步，發現一支警衛隊包圍了自己，他望著譚子明道：「譚參謀什麼意思？督軍要抓我嗎？」

譚子明道：「此事和督軍無關，是我自己的意思。」

陳昊東道：「你要抓我？」

譚子明道：「只是想請你去一個地方，幫我證實一件事。」

陳昊東環視了一下周圍，他並沒有在這群警衛包圍下脫身的把握，更不想和蔣紹雄的這些手下發生正面衝突，雖然蔣雲袖出了事，可畢竟還存在回來的希望。只要她能夠平安歸來，自己還可能成為蔣紹雄的女婿，不過現在陳昊東已經沒有此前那般渴望了，因為剛才的見面讓他認識到自己在蔣紹雄的眼裡一錢不值，根本得不到他的認同。

譚子明讓陳昊東上了後座，他也隨後上去，車內坐滿了人，又有兩輛車分別行駛在前後。

汽車啟動之後，陳昊東歎了口氣道：「譚參謀，你好像搞錯了方向，我怎麼可能做出對不起雲袖的事情。」

譚子明道：「你不用害怕，如果我們想殺你，根本不會興師動眾。」

陳昊東道：「督軍的意思？」

譚子明道：「督軍的意思很明白，小姐如果遭遇不測，你必須陪葬！」

陳昊東暗自吸了一口冷氣，如果知道會遇到今日之狀況，他應該不會冒險追求蔣雲袖，他的雙手不安地握在一起：「你要帶我去什麼地方？」

譚子明道：「不用緊張，帶你去見一個老朋友。」他遞給陳昊東一個黑色的頭罩，示意陳昊東自己把腦袋給套上，陳昊東不敢抗拒，將頭罩戴上，他的世界頓時陷入一片黑暗之中。

約莫二十多分鐘後，汽車停了下來，陳昊東被押下了車，他有些擔心，這些人會不會對自己不利？會不會把自己帶到一個偏僻無人的地方實施槍決？蔣紹雄殘忍冷血，這種人如果失去理智，什麼事情都幹得出來。

因為沒有聽到譚子明的命令，陳昊東暫時不敢妄動，站在那裡，他聽到有腳步聲正在遠去。

一個熟悉的聲音道：「來了？」

陳昊東聽到這個聲音馬上猜到了對方的身分，他伸手將頭上的頭罩拽了下來，果不其然，他看到了對面的羅獵，羅獵向他笑了笑：「人生何處不相逢！」羅獵倒了一杯酒，遞給了譚子明。

陳昊東因為憤怒，胸口劇烈起伏著，他感到受了奇恥大辱，譚子明把自己當成一個囚犯一樣帶了過來，原來是讓他見羅獵，以這樣的方式見羅獵，是陳昊東不甘心不情願的。

譚子明道：「羅先生是法租界華探督察長，我需要他幫忙找到小姐。」這個理由很充分，其實譚子明根本沒有向陳昊東解釋的必要，自從蔣紹雄表明了態度，譚子明就意識到陳昊東很難成為督軍的女婿，在蔣雲袖被劫持之後，陳昊東和她的婚事是不可能通過督軍那一關的。

羅獵也倒了一杯紅酒給陳昊東：「你不用緊張，之所以讓你過來是有幾個問題想核實一下。」

陳昊東默默調整自己的情緒，他要表現得鎮定自若，決不能在羅獵的面前失了氣場。他感覺自己已經調整得差不多了，這才慢慢走過去，端起那杯酒，調侃道：「羅督察長不會在裡面下了毒吧？」

羅獵微笑道：「知法犯法的事情我從來都不會做！」他將端在手裡尚未來得及喝的那一杯遞給了陳昊東道：「不放心的話，咱們倆換換。」

陳昊東道：「沒那個必要。」他喝了口酒：「說說吧，找我什麼事？」

羅獵道：「距離咱們約定的時間好像要到了。」他曾經限令陳昊東一周內離開黃浦，眼看時間就到了。

陳昊東傲然道：「不是什麼約定，是你一廂情願。」

羅獵沒有動氣依然笑道：「現在就是我想趕你走，督軍只怕也不會放你走，蔣小姐一天沒有平安回家，你就一天沒有自由，如果蔣小姐遭遇任何不測，不用我動手，你都會為此負責。」

陳昊東在羅獵面前不甘示弱：「我當然會負責，雲袖是我的未婚妻，是我沒有保護好她，你巴不得出現這樣的狀況吧？我現在的處境不正是你想要的？」

羅獵道：「當年我師父非得要我出來擔任門主之位，我對此本來是沒有興趣的，其實誰坐這個位子還不是一樣，可後來我方才發現我師父的良苦用心，因為他看出你本非善類。」

陳昊東冷笑道：「鳩占鵲巢還倒打一耙，羅獵，盜門自從到了你的手上四分五裂，氣息奄奄，如果長老在世，只怕會後悔當初的選擇。」

羅獵道：「你去福滿園本想見的人是誰？」

陳昊東被他問得一怔，險些脫口而出，不過他馬上控制住了自己，反問道：「跟你有何關係？」

羅獵道：「你去見的人是白雲飛對不對？」

陳昊東的雙目中閃過錯愕之色，羅獵已經從他稍閃即逝的錯愕中看到了事情的根本，羅獵歸來之後，並沒有嘗試去探索他人的腦域，因為他的身體想要恢復到最佳的狀態需要一個過程，在恢復之前，不可以進行這方面的冒險，不過這並不影響他敏銳的洞察力。

陳昊東否認道：「什麼白雲飛？我根本就不認識！」

羅獵道：「這杯酒其實真有問題。」

陳昊東心中一驚，怒視羅獵道：「你在裡面下毒？」

羅獵道：「沒有下毒，只是給你加了點料，有沒有聽說過吐真劑？」

陳昊東握緊了雙拳。

羅獵道：「吐真劑是一種最新研製出的藥物，飲用之後，很快就會麻痹一個人的大腦，在接受問話的時候會不由自主說出實情。」

陳昊東將手中的酒杯狠狠扔在了地上，玻璃酒杯摔得粉碎，他轉身就走，卻被譚子明攔住了去路，譚子明道：「走那麼急，是不是擔心說出真相？」

陳昊東道：「原來，你們聯合起來害我！」

譚子明冷笑道：「你真能抬舉你自個兒，想害你根本用不著那麼麻煩，我關心的是小姐的安危。」

羅獵道：「陳昊東，你去見白雲飛是不是？」

陳昊東大吼道：「我為什麼要向你交代？」

羅獵道：「你去見白雲飛，白雲飛沒有見你，而是派他人過來和你見面，你仔細想想整件事就是一個圈套，他們只是支開你，劫走了蔣雲袖，劫走蔣雲袖的目的不是為了對付你，你可能已經成為了一顆棄子。」

「你胡說！」陳昊東喘著粗氣轉過身來，一雙佈滿血絲的眼睛瞪著羅獵。

羅獵的表情依舊風輕雲淡，他抿了口酒道：「白雲飛到底想幹什麼？」

陳昊東大吼道：「誰說我去見白雲飛？誰說我跟他有聯繫，你根本就是在癡人說夢，信口雌黃！」

羅獵歎了口氣道：「陳昊東，你的頭腦真是有些問題。如果蔣雲袖出事，你以為督軍會讓你活著離開黃浦？你在黃浦的確有些人馬，可是在楊超的事情之後，你還指揮得動誰？梁再軍嗎？他和他的振武門根本沒有任何人去幫你找人，你現在已經是眾叛親離了。」

陳昊東指著羅獵道：「你胡說……你胡說……」

羅獵向前走了一步，進一步摧垮他的心理防線：「楊超在離開巡捕房之前已經招供，當晚他參與了殺死常柴的行動，而那次行動的組織者就是你！」

陳昊東向後退了一步，他的內心充滿了恐懼，他一直都在擔心楊超會出賣自己，按照羅獵的說法，極有可能存在這份證詞。他搖了搖頭道：「我根本就不認識他，你休想誣我清白。」

羅獵微笑道：「嘴巴可真硬，楊超雖然被劫走，可是只要他活著，我就能把他找出來，到時候我看你還如何抵賴。」

陳昊東道：「羅獵，你就是跟我作對，你永遠都在跟我作對！」

羅獵道：「常柴不會白白死去，福伯的死因我更會追究到底，陳昊東，我不會殺了你，我會讓你生不如死！」他揚起酒杯，鮮紅色的酒水潑了陳昊東一臉，陳昊東被徹底激怒了，他不顧一切地衝上前去，卻被譚子明用手槍抵住了腦袋，陳昊東不得不停下腳步，大吼道：「有種你就開槍！」

譚子明道：「我會開槍，不過不是現在，你給我滾，去找白雲飛，讓他交出我們小姐。」

陳昊東慢慢退了出去，後面倉庫的大門緩緩拉開，他意識到今晚羅獵並沒有想殺他，不然自己根本不可能活著離開。直到他退出倉庫的大門，方才敢轉過身去，他的車就停在外面，陳昊東上了車，啟動汽車，他認出這裡是虞浦碼頭，他再不敢停留，驅車向外面駛去。

譚子明和羅獵並肩望著遠去的車影，譚子明心有不甘道：「就這麼放了他？這廝絕對有問題。」

羅獵道：「人不是他抓的。」

譚子明道：「你是說白雲飛？可他為什麼要抓我們小姐？」

羅獵搖了搖頭，他也不知道答案，不過他隱約覺得這件事極有可能跟自己有關，白雲飛和譚子明一樣，他們都仇視自己，只是前者要比後者可怕得多。羅獵道：「你派人盯緊陳昊東，他應該會想辦法和白雲飛聯繫。」

譚子明點了點頭。

已經是蔣雲袖失蹤的第三天，雖然蔣紹雄動用了所有的力量，幾乎將黃浦搜了個遍，可是仍然沒有半點消息。蔣紹雄為此寢食難安，夜不能寐，整個人也衰老了不少，他的脾氣越發暴躁。

手下人沒什麼要緊事都不敢接近他，這其中也只有譚子明是個例外。

蔣紹雄看到譚子明走進來，顧不上招呼他坐下就問道：「怎樣？」

譚子明道：「還是沒有消息。」

蔣紹雄歎了口氣道：「三天了，整整三天了，一點消息都沒有，要錢老子給他們，無論什麼條件我都能答應，可偏偏就是一點音訊沒有？難道他們綁架不是為了錢？」沉默了一會兒又道：「陳昊東那裡有什麼動靜？」

譚子明道：「他沒什麼動靜，甚至很少出門。」

「王八蛋！」蔣紹雄罵了一句，陳昊東在他心中的形象已經跌到了谷底，就算這次平安找回女兒，他也不會同意他們的婚事。如果女兒遭遇了不測，他絕饒不了陳昊東，一定會要了他的狗命。

譚子明道：「督軍不必著急上火，事情已經到了這種地步，必須多點耐心，以我之見，綁匪也是故意在和我們比拚耐心，小姐在他們手中，他們就佔據了主動，他們要的就是我們這邊心理崩潰，從而會答應他們任何的條件。」

蔣紹雄雖然明白譚子明說得有道理，可事情在自己的身上，身為父親又怎能不心急。他低聲道：「我現在最擔心的是，這件事和其他人都沒有關係，是衝我來的。」

譚子明沒有說話，蔣紹雄征戰多年，樹敵無數，要說有人通過這種方法報復他倒也不足為奇。

蔣紹雄道：「就算有人要報仇，就算老天要報應也應該報應在我身上，而不是我的女兒。」他閉上雙目，雙手用力抓住沙發的扶手。

譚子明還從未見過他表露出如此彷徨無助的一面，一時間也不知應該如何安慰他。

此時聽到外面衛兵通報，卻是巡捕房的于廣龍到了。

譚子明讓人將于廣龍請進來，于廣龍帶著一個文件袋過來，說是今晨有人送到巡捕房的，當著兩人的面將文件袋打開，從中取出了一張照片，照片上被五花大綁的人是蔣雲袖。

蔣紹雄看到女兒的樣子，險些沒有落下淚來，于廣龍又從中取出一個翡翠手鐲，蔣紹雄看得真切，這手鐲也是女兒的，他顫聲道：「找到……雲袖了？」

于廣龍搖了搖頭道：「裡面還有一封信。」

蔣紹雄趕緊去文件袋裡面取出了那封信，信並沒有拆開，于廣龍做事謹慎，是準備當著他的面拆開的。

蔣紹雄拆開了那封信，看了一會兒，然後將信遞給了譚子明。

譚子明看過之後道：「要用一口棺材來換？」

蔣紹雄點了點頭道：「上面的數字應該是經緯度，給我們三十天的時間，如果三十天內我們無法將他想要的東西帶來，他會把雲袖的屍體送過來。」

譚子明安慰蔣紹雄道：「督軍，至少證明小姐現在平安。」

蔣紹雄歎了口氣道：「我怎麼知道？」事實上誰也不知道現在蔣雲袖是否還活在這個世界上。

于廣龍道：「督軍，我們已經將整個公共租界都搜查了好幾遍，並沒有發現蔣小姐的蹤跡，看來劫匪十有八九把她轉移出去了。」

蔣紹雄道：「生要見人，死要見屍！」他暗暗下定決心，不管付出多大的代價也要將人找回來。

譚子明道：「我帶人去找，不過這方面我並非專業。」

蔣紹雄點了點頭道：「你只管放手去做，不管花多少錢，不管需要什麼條件我都可以答應，只是你想找什麼人幫忙？」

于廣龍道：「據我所知，羅獵好像是這方面的好手。」

譚子明朝于廣龍看了一眼，于廣龍意識到自己的存在有些多餘了，他趕緊起身告辭，蔣紹雄也不留他，讓譚子明代自己送出門外。

譚子明回來之後道：「他說得倒是不錯，羅獵的確是這方面的好手。」

蔣紹雄道：「此人倒是一個不錯的人選！可他未必肯答應。」

譚子明道：「我對此人多少還有些瞭解，這次他回到黃浦就是為了解決陳昊東這個仇人。」

蔣紹雄不屑道：「陳昊東豈是他的對手。」

譚子明道：「投之以桃報之以李，只要督軍答應幫助他解決陳昊東，我就有把握說服羅獵給我們幫忙。」

蔣紹雄點了點頭道：「只要能夠救回我的女兒，此事包在我的身上。」自從女兒被綁架之後，蔣紹雄對陳昊東已經徹底失望，就算沒有羅獵這檔子事，他也不可能將女兒的終身託付給這麼一個人，一了百了的辦法就是將他徹底解決。對他而言，可謂是一舉兩得的好事。

譚子明在得到蔣紹雄的承諾之後，即刻去找了羅獵，羅獵聽他說完，並沒有馬上表態，向他要來了那份綁匪送給警署的文件，綁匪讓他們去找的棺材形狀非常奇怪，如同紡錘一般，羅獵曾經見過這樣的棺槨，他心中已然有了回數。

通過上方的經緯度，羅獵在地圖上將目標地點定位，他發現上面所標注的地方在東山島附近，東山島乃是海龍幫的總舵所在。羅獵用筆在所選位置上畫了一個圈道：「譚兄對這一帶熟悉嗎？」

譚子明搖了搖頭道：「來黃浦之前我都在中原一帶，對海邊的狀況並不清楚。」

羅獵道：「這裡距離東山島很近。」

譚子明聽到東山島馬上道：「東山島好像是海盜的巢穴。」

羅獵點了點頭道：「海龍幫的總舵就在東山島，這一帶海域島嶼眾多，遍佈暗礁，如果對當地狀況不熟悉，根本沒可能到達目的地。」

譚子明倒吸了一口冷氣道：「如此說來，要稟明督軍多派些人馬過去。」

羅獵笑道：「去的人越多恐怕就越麻煩，如果我們陣仗太大，恐怕海龍幫會把我們當作前往清剿他們的隊伍，只怕會伏擊咱們。」

譚子明道：「如果人少了，豈不是陷入海盜的包圍圈中？」

羅獵道：「實不相瞞，我和海龍幫方面還算是有些交情，這件事我可以答應你，不過前去的人員必須由我來親自挑選。」其實自從羅獵看到那紡錘形的棺槨就已經產生了強烈的好奇心，他總覺得這件事和白雲飛相關，所以很快就下定決心要去一探究竟。

譚子明道：「沒有問題。」

羅獵道：「還有，此事完成之後，無論蔣小姐平安與否，我希望在陳昊東的事情上督軍不要插手。」

譚子明笑道：「此事你不用擔心，督軍已經答應，他會親自解決陳昊東的事情。」

這對羅獵來說是一個好消息，雖然他知道是陳昊東殺了常柴，福伯的死十有八九也和他有關，可是直到現在都沒有找到證據，如果自己直接出手幹掉陳昊東，可能會在盜門內部造成一些不良的影響，現在蔣紹雄主動願意代勞，當然再好不過。

羅獵由此也推斷出蔣紹雄對陳昊東這個未來女婿並不滿意，就算能夠順利將女兒救回，也不會將蔣雲袖嫁給他，其實這一點並不難理解，又有哪個父親願意將女兒的終身託付給一個內心陰暗且沒有擔當不肯負責的男人？

去東山島就難免和海龍幫打交道，羅獵沒有將這件事視為障礙，主要是因為張長弓的存在，張長弓是海龍幫幫主海連天的女婿，東山島那邊的事情他可以幫忙擺平。

目前海連天的得力助手邵威還在黃浦，羅獵剛好將這件事和他們兩人商量了一下。張長弓那裡自然不存在任何問題，只要羅獵做出決定，風裡來火裡去，他絕不會皺一下眉頭。邵威考慮的事情就多了一些，他認為這次剛好可以和蔣紹雄拉近關係，其實他這次前來黃浦主要的目的就是為了這件事，海龍幫雖然在東山島立足，可畢竟他們名不正言不順，是許多軍閥眼中的海盜。

這些年海連天的性情已經有所收斂，也減少了出海打劫的營生，即便是有所活動，也都是前往遠海打劫外國商船，對於國內的船隻基本上不再動手，其實海連天過去就有過金盆洗手的打算，只是上次和任天駿的合作以失敗告終。按照海連天自己的說法，賊總不能當一輩子，他在海上漂了大半輩子，臨老還是想有個身分，堂堂正正地回到岸上。

邵威將海連天的意圖告訴羅獵，羅獵認為海連天的想法不錯，他幫著牽線搭橋，讓邵威和譚子明見上一面，譚子明本身就是馬賊出身，他的父親和兄弟直到死都沒有金盆洗手的機會，所以對海連天的想法格外理解，不過譚子明認為現在並不適合向蔣紹雄提起這件事，只要他們這次出海完成任務，成功換回蔣雲袖，一切都是水到渠成的事情。

因為綁匪給他們限定了時間，所以他們必須儘快出海，這方面蔣紹雄顯然比他們更加焦急，在譚子明組建隊伍的時候，已經著手準備艦艇物資武器，短短兩天已經將一切準備妥當。

蔣紹雄還故意讓譚子明去陳昊東那裡，提出出海去救蔣雲袖的事情，陳昊東一聽成員中有羅獵、張長弓，馬上就打起了退堂鼓，他心中明白，如果自己同去，可能會被幾人謀殺於海上，再也沒有活著回來的機會。

陳昊東的臨陣退縮讓蔣紹雄對他徹底喪失了信心，對陳昊東的鄙視變成了仇恨。

陳昊東這幾天並不好過，他又不是傻子，當然能夠感覺到蔣紹雄對自己與日俱增的仇視，他產生了逃離黃浦的想法，如果他在黃浦繼續逗留下去，處境只會變得越來越艱難。

正如蔣紹雄所說，如果蔣雲袖出了意外，他會讓自己陪葬，陳昊東對蔣紹雄的冷血性情還算是有些瞭解的，此人說得出就做得到，拋開蔣紹雄不論，失去了他的支持，自己連羅獵都鬥不過。

振武門方面因為楊超的事，梁再軍明顯對自己愛答不理，陳昊東發現自己已經眾叛親離了。為了扭轉自己的頹勢，他買下了黃浦幾家影響最大報紙的版面，在上面刊載了重金懸賞的啟示，陳昊東想要通過這種方式告訴世人，自己是個有情有義之人，絕不是不負責任。然而他的這種做法更像是掩耳盜鈴，糊弄一下市井百姓還成，想要以此來重新博得蔣紹雄這種梟雄人物的好感根本沒有可能。

更可悲的是，陳昊東發現自己的一舉一動都開始受到監視，他知道是蔣紹雄的人，如果在蔣雲袖沒有平安歸來之前，他膽敢離開黃浦，蔣紹雄肯定會對他出手。

陳昊東終於明白當天在福滿園戲樓，邱雨露因何要奉勸自己儘快離開黃浦，只是現在醒悟已經太晚了。

陳昊東暫時放棄了離開黃浦的想法，至少在目前已經變得不現實，他只能蒙混度日，甚至借酒買醉，希望在蔣紹雄的眼中自己徹底成為一個沒出息的廢物，也只有他對自己疏於防範，才能有逃離此地的機會。

陳昊東再次來到福滿園，希望能夠見到邱雨露，解鈴還須繫鈴人，如果能夠再見到她，一定要好好問一問，他們到底在打什麼算盤？難道真讓羅獵說中，自已成為了一顆棄子？

陳昊東坐在戲台下，獨飲著一壺龍井，台上唱得精彩，台下喝彩聲不斷，越是如此越是顯得陳昊東寂寞，陳昊東並沒有在這裡遇到邱雨露，準備起身離開的時候，卻看到一個熟悉的身影走了進來，那人是梁再軍，梁再軍在兩名徒弟的陪同下也是過來看戲的。

其實在這裡遇到梁再軍一點都不奇怪，畢竟陳昊東第一次來這裡就是他帶過來的。自從楊超的事件之後，兩人還沒有正式見過面，其間通過一次電話還是陳昊東主動打給他的，現在迎頭碰上難免有些尷尬。

梁再軍愣了一下還是主動走了過來，招呼道：「陳先生，這麼巧啊？怎麼您也過來聽戲？」

陳昊東笑得很勉強：「來這裡見個朋友，可惜他臨時有事沒來，我……我這就走，這就走了。」

梁再軍道：「別急啊，有日子沒見了，聊兩句再走。」

陳昊東只好多留一會兒。

梁再軍道：「蔣小姐找到了沒有？」

陳昊東皺了皺眉頭，這廝根本是哪壺不開提哪壺，他乾咳了一聲道：「還沒有。」

梁再軍道：「我估摸著也沒那麼快能找到。」

陳昊東皺了皺眉頭，他的這句話明顯沒有善意。

梁再軍笑道：「您別誤會我的意思，剛才還看到報紙上有您的懸賞啟事，如果能夠將蔣小姐平安帶回來，您賞貳拾萬塊大洋，真是大手筆啊，門主當年在世的時候，也不可能為了一個女人花那麼多錢。」

陳昊東臉上的表情變得冷淡：「我的事情好像無需你來多管吧？」

梁再軍點了點頭道：「那倒也是，可您那天給我打電話的時候可不是那麼說的，再者說了，作為一個門中老人我還是得說兩句，門主當年何其英雄人物，他若看到您今日的作為只怕……」

陳昊東再也忍不住心中怒氣，手中茶盞重重頓在桌面上，茶湯不少都潑了出來。

梁再軍並沒有被他的舉動嚇住，在他眼中陳昊東已經是一個徹頭徹尾的阿斗，扶不起的阿斗。梁再軍道：「良藥苦口利於病，忠言逆耳利於行，雖然您不想聽，可有些話我還是要說，蔣小姐若是出了什麼意外，恐怕您在黃浦的處境會很危險。」

陳昊東望著梁再軍：「你在看我的笑話嗎？」

梁再軍搖了搖頭道：「我梁再軍不是落井下石之人，當年門主對我恩重如山，別的不說，就算衝著門主的面子，您就算做了再對不起我的事情，我也不會跟您一般見識。」

陳昊東道：「楊超的事情不是我做的。」

梁再軍淡然笑道：「是與不是已經不再重要，我希望您真能把過去的事情給忘了，以後遇到什麼麻煩，不要再牽扯到我們身上，我們這些窮開武館的，沒錢沒勢，剩下的就只是這把骨頭，可如果有人當真要把我們的這把骨頭也想吞下去，可千萬要小心被卡住了喉嚨。」

就算是個傻子也能夠聽出對方是在威脅自己，陳昊東知道梁再軍說這句話的意思是要正式和自己劃清界限，他過去曾經幫助自己做過很多見不得光的事情，殺死常柴他也有份，梁再軍顯然是看出自己現在的處境不妙，擔心有一天自己把他也供出來。

望著梁再軍陰惻惻的眼神，陳昊東忽然感到不寒而慄，他感覺自己在黃浦的處境越發危險了，不但蔣紹雄要對付自己，現在甚至連梁再軍這種不入流的貨色也想咬自己一口，還說什麼不會落井下石，陳昊東端起茶盞，喝了口茶，然後站起身來：「梁館主慢慢聽戲，今天所有的開銷都記我的賬上。」

梁再軍望著陳昊東匆匆離去的背影，唇角露出幾分鄙夷之色，這個馬尾提豆腐提不起的貨色，也只能在金錢上找回幾分顏面和自尊。想起此前跟隨他做過的種種，梁再軍真是有些悔不當初了。

和梁再軍的這次邂逅讓陳昊東感到了前所未有的危機感，他意識到自己如果繼續留在黃浦很可能是死路一條，如果跟隨羅獵一起出海去尋找蔣雲袖或許還有一線生機。

權衡利弊之後，陳昊東主動找到譚子明，提出要加入他們的隊伍，譚子明想都不想就拒絕了他。

羅獵一行登上蔣紹雄為他們準備的炮艇，邵威忍不住笑了起來，這艘炮艇在目前已經算得上先進了，蔣紹雄是準備讓他們去打仗的嗎？船上配備了五十名水兵，按照譚子明的吩咐，所有人都接受羅獵的統一指揮。

羅獵站在甲板上，望著陽光下熠熠生輝的炮筒道：「好像是有些張揚了。」

譚子明道：「以防萬一，按照督軍本來的意思，還想多派一艘艦艇。」

羅獵道：「咱們又不是去打仗，要那麼多艦艇做什麼？」

譚子明道：「可憐天下父母心，這次督軍是志在必得。」

邵威道：「聽你這麼一說，我壓力倍增，如果無法完成任務，我們這群人豈不是都得罪了督軍。」

譚子明有些尷尬道：「我和督軍已經說明，這次大家只是給我幫忙，就算萬一不能成功，所有責任也都由我一人承擔，和其他人絕無半點關係。」

張長弓笑道：「你放心吧，有羅獵在，這件事必然馬到功成。」

羅獵拍了拍他的肩膀道：「聽你這麼一說，我也壓力倍增！」

一群人全都笑了起來，羅獵的話讓眾人的心情放鬆了許多。譚子明忽然看到碼頭上出現了三輛汽車，其中一輛正是屬於督軍蔣紹雄的，他慌忙下了炮艇相迎。

和蔣紹雄一起前來的還有陳昊東和他的一名手下，譚子明心中一怔，暗忖自己已經拒絕了陳昊東，沒想到他居然會出現在這種場合。

蔣紹雄來到譚子明面前，他向陳昊東道：「既然想去，你們就去吧。」

陳昊東點了點頭，帶著他們的裝備登上炮艇。

譚子明不解道：「督軍，您怎麼？」

蔣紹雄唇角露出一抹陰沉的笑意：「他的那點小九九我當然知道，就當是我送給羅獵的一份禮物，途中你們隨時都可以將他幹掉。」

羅獵也過來和蔣紹雄打了個招呼，蔣紹雄摘下手套向羅獵伸出手去，和他用力握了握手道：「羅先生，小女的事情就拜託你了。」

羅獵道：「督軍放心，蔣小姐的事情我們一定會盡力而為。」

蔣紹雄道：「既如此，我先行謝過！」

羅獵道：「陳昊東是主動要求過來的？」

蔣紹雄道：「人我交給你了，想怎樣處置悉聽尊便。」

羅獵笑了笑，這蔣紹雄也是一隻老狐狸，當初答應要幫助自己解決陳昊東，現在又將陳昊東送上了自己的這條船，還是不想介入他們的私人恩怨，陳昊東也是被逼到了絕路，不然他也不會選擇來這裡，留在黃浦，只怕會死得更快一些。

蔣紹雄道：「羅先生，你覺得小女平安無事的可能性有多大？」說這句話的時候他的表情非常誠懇。

羅獵道：「吉人自有天相，事情既然到了這種地步，督軍還是放寬心，既然綁匪提出了條件，他們就不會輕易放棄手中的王牌。」

蔣紹雄點了點頭。

羅獵道：「督軍可否幫我找一個人？」

蔣紹雄道：「羅先生只管開口。」

羅獵道：「白雲飛，此人越獄後一直不知去向，我懷疑他就藏身在黃浦。」

蔣紹雄道：「我會督促警方發佈通緝令，讓他在黃浦無處藏身。」

羅獵向蔣紹雄告辭，蔣紹雄提醒他道：「三十天，他們只給了我們三十天的時間，從現在算起只剩下二十八天了。」

羅獵道：「來回最多十天，尚有十八天可用，我相信如果他們給我們的位置無誤，時間方面應當是充裕的。」

蔣紹雄點了點頭，目送羅獵上船。

羅獵正準備下令起錨的時候，卻看到一輛紅色轎車飛速駛向碼頭，車上下來的是麻雀，她一身工作裝，手中拎著一隻大大的皮箱，高聲道：「等等我，你等等我！」

羅獵有些無奈地望著張長弓，張長弓攤開雙手表示自己可沒說。

駕駛一側的車門隨後打開，卻是程玉菲開車，羅獵猜到一定是程玉菲走漏了消息，程玉菲有些不好意思地向他笑了笑道：「一帆風順！」

麻雀拎著皮箱沿著舷梯爬了上去，累得氣喘吁吁，看到羅獵就站在上面看著自己，全無要幫自己的意思，不由得怒道：「好你個羅獵，不知道幫忙啊？」

羅獵道：「送行就送行，何必還送那麼多禮物。」

麻雀呸了一聲道：「誰要給你送行，我要跟你們一起去。」

羅獵道：「你都不知道我去什麼地方。」

麻雀道：「我才不管呢，葉青虹讓我幫忙看著你，你去什麼地方，我就去什麼地方。」她說得振振有辭。

羅獵終於還是把手伸了過去，麻雀毫不客氣地將箱子遞給了他，她掏出手帕擦了擦汗，來到船舷旁向下面仍然沒走的程玉菲揮了揮手道：「玉菲，照顧好自己，我很快就回來。」

羅獵在她身後道：「你現在下去最快。」

麻雀彷彿沒聽到一樣，向譚子明道：「譚子明，我住什麼地方啊？」

譚子明道：「這……」

麻雀道：「真是麻煩，羅獵的房間在什麼地方？」

這下不但是譚子明，連張長弓都瞪大了眼睛，譚子明道：「怎麼？你要跟他住在一起？」譚子明搞不清狀況，他知道羅獵是有老婆的。

麻雀的臉紅了起來，狠狠瞪了譚子明一眼道：「胡說什麼？我住他的房間，你給他再找一間。」

譚子明朝羅獵看了一眼，羅獵點了點頭，他對麻雀格外的寬容，甚至連麻雀自己都不知道，羅獵在未來曾經見證了她的老去和離世。

陳昊東也得到了屬於自己的艙房，同時他也得到了來自於譚子明的警告。陳昊東不由得生出虎落平陽的感慨，現在對他而言，營救蔣雲袖已經不再是必要的，他對蔣雲袖的回歸抱有的希望渺茫，此番隨行更是為了尋找機會逃跑，還好蔣紹雄答應了他的要求。

陳昊東坐在艙房內狹窄的小床上，閉上雙目，他之所以急於逃出黃浦是因為梁再軍的眼神，他從梁再軍的眼神中看到了殺機，他預料到梁再軍很可能會對自己下手。

為什麼要選擇這條船？羅獵也一樣是他的仇人，陳昊東思來想去，大概是因為羅獵比起梁再軍要坦蕩得多吧。

羅獵和張長弓站在船尾，看著因艦船急速行進而在海面上拖出的白色水線，張長弓道：「蔣督軍還真是捨得下血本，這麼先進的艦船都提供給咱們使用，難道他不怕咱們連人帶船都拐跑了？」

羅獵笑道：「跑得了和尚跑不了廟。」

張長弓道：「我倒忘了，你家大業大，在黃浦有那麼多的產業，還是法租界華探督察長，他自然不怕你會跑。」

羅獵道：「富貴只是浮雲罷了。」

張長弓道：「你這次回來之後變得更加……有個詞兒怎麼說來著？」

羅獵道：「變了？」

張長弓搖了搖頭道：「那倒沒有，就是感覺你比過去更加……更加超脫，對更超脫了！」

羅獵笑了起來：「不是超脫，可能是經歷過的事情多了的緣故。」除了葉青虹，他沒有向任何人提起自己此前的三年去了什麼地方，其實就算他說，別人也未必肯信，畢竟他的經歷已經超越了多半人的認知。人經歷了生死，經歷了過去現在和未來，世界觀和平常人自然有了太多的不同。

父親曾經鄭重警告他絕不要輕易改變歷史，可羅獵在時空穿梭一個來回之後，他開始意識到，無論自己是否願意，他都已經改變了歷史，這個世界本身就處在不斷地變化中，既然先輩可以來到這個時代改變他們的命運，本身就處在這個時代的自己為什麼不可以改變未來的結果？

第四章

選　擇

羅獵道：「每個人都有選擇自己生活方式的權力。」

麻雀應了一聲，羅獵的這句話化解了她的尷尬，是啊，人都有選擇自己生活方式的權力，自己選擇獨身又有什麼錯？寧缺毋濫，如果勉強找一個男人度過一生，豈不是害人害己？

譚子明和邵威一起向這邊走來，兩人相處得非常愉快，其實他們兩人有些共性，都是頭腦精明之人，也同為副手，又是參謀級的人物，他們之間很容易找到共同的利益。

羅獵道：「陳昊東有什麼動靜？」

譚子明道：「目前很老實，一直待在艙內沒有出來。」

張長弓不屑道：「他這次是逼不得已。」

譚子明道：「我估計他中途會溜。」

羅獵道：「我們最重要的事情可不是他。」其實對陳昊東這種野心極大的人來說，幻想破滅才是最大的痛苦，現在他成為盜門門主已經基本無望，蔣雲袖被劫之後，他的種種表現又激怒了蔣紹雄，無論蔣雲袖能否平安歸來，蔣紹雄都不會讓他成為自己的女婿，等於陳昊東沒可能得到他的支持。而陳昊東想要滅口楊超一事又得罪了一直忠於他的梁再軍，這次陳昊東選擇登上這艘船，很大一部分原因是失去了振武門的支持。

羅獵認為陳昊東沒可能掀起什麼風浪，真正需要警惕的反倒是一直沒有公開露面的白雲飛。

羅獵向邵威道：「邵大哥，以我們目前的速度，幾時能夠抵達東山島？」

邵威道：「兩天，最多三天吧，我此前已經先行通知了幫主，東山島那邊不會有任何的問題。」

羅獵將那幅標注著經緯度的航海圖遞給了邵威，邵威其實已經看過，不過他還是接過來看了看道：「在東山島的東南，那裡島嶼眾多，大大小小有幾十個。」

譚子明道：「上面有名字，說是叫蟒蛟島。」

邵威笑道：「我在東山島那麼多年，還從未聽說過附近有這個名字的島嶼，不過，既然有精確的經緯度，應該可以找到吧。」

遠處傳來麻雀的聲音：「羅獵！」

羅獵向她笑了笑，示意她稍等，張長弓道：「你去吧，千萬別招惹女人。」

羅獵哈哈笑了起來，他來到麻雀身旁，麻雀指了指船頭，兩人並肩向船頭走去，麻雀道：「為什麼要帶上陳昊東？」

羅獵道：「蔣雲袖是他未婚妻，人家參與此事也實屬正常。」

麻雀道：「你不怕他偷偷搗亂？」

羅獵笑道：「只怕他有賊心沒賊膽。」

麻雀道：「你怎麼會突然接下這個任務？」

羅獵道：「譚子明找我幫忙，我總不好拒絕。」

麻雀道：「這件事有些蹊蹺啊，他怎麼知道你擅長這種事情？」

羅獵發現這次回來之後，麻雀變得多疑，對周圍的一切都抱著懷疑的態度，當然自己是個例外。羅獵道：「他是一位故人的兒子，我告訴了他當年我去天廟探險的事情，大概是這個原因吧。」

麻雀道：「你那麼精明應該用不著我來提醒，不過葉青虹特地交代我，她不在的時間要我照顧你，所以我才盯著你。」

羅獵笑道：「是讓你照顧，沒讓你監視我吧？」

麻雀道：「我這個人一諾千金，葉青虹擔心你再突然跑了，一走就是三年，如果你再離奇消失，到時候我怎麼向她交代？」

羅獵道：「不會的，我這次無論如何都不會再走了。」

麻雀道：「你心腸夠狠的，老婆孩子就這麼一丟，跟著風九青就走，對了，這三年你究竟去了什麼地方？當初你明明去了西海，怎麼會在蒼白山現身？難不成西海和蒼白山之間有密道相連？」

羅獵道：「說出來你也不信。」

麻雀道：「你不說怎麼知道我不相信？」

羅獵道：「我可以告訴你，不過你千萬不能告訴其他人。」

麻雀瞪大了雙眸，很認真地點了點頭：「你說吧，我保證不跟任何人說。」

羅獵道：「你研究的九鼎其實是啟動時空通道的裝備，我跟著風九青潛入西海啟動了時空通道，我被吸了進去，然後就沿著時空通道來到了一百多年後的未來社會。」

麻雀如同聽到了天方夜譚，她認為羅獵根本就是在戲弄自己，瞇著雙眸一臉懷疑地說道：「你到達那個時代之後，我們所有人是不是都死了？」

羅獵搖了搖頭道：「只有你仍然在世。」

麻雀雖然覺得他的話匪夷所思，可還是被他描述的未來勾起了濃厚的興趣，追問道：「我老的時候是什麼樣子？」問完之後又道：「算了，你還是別說了。」老了還能什麼樣？肯定是個老太婆。

羅獵笑道：「很慈祥，很可親。」

麻雀道：「別說！」然後又道：「我有沒有錢？」

羅獵點了點頭道：「很有錢！」

麻雀鬆了口氣道：「這還差不多，對了，我……我是不是孤苦伶仃。」一百年後，只怕能夠活過自己的沒有幾個。

羅獵道：「不是啊，你有孫子，還有重孫女。」

麻雀愕然道：「我結婚了？嫁給了誰？」她望著羅獵，在她心中早已立下誓言，今生準備獨身，可孫子，重孫女又是從哪裡來的？她的思維變得混亂起來，紅著臉道：「你故意騙我。」

羅獵道：「你終身未嫁，孩子是你收養的。」說到這裡，他忽然感到心中一酸，麻雀選擇獨身的原因應該就是自己，在自己一度前往的時間軌跡中，自己消失後就再也沒能回去，其實麻雀是沒必要選擇獨身的，她並不欠自己什麼。

麻雀點了點頭，她小聲道：「我本來就沒有想過嫁人的。」說完之後，臉紅到了脖子根，她意識到自己不應該在羅獵的面前說這番話，這不等於間接向羅獵表白心跡嗎？人家都已經結婚生子了。

羅獵道：「**每個人都有選擇自己生活方式的權力**。」

麻雀應了一聲，羅獵的這句話化解了她的尷尬，是啊，人都有選擇自己生活方式的權力，自己選擇獨身又有什麼錯？寧缺毋濫，如果勉強找一個男人度過一生，豈不是害人害己？

陳昊東推開艙門走了出來，他的眼睛因為適應不了外面強烈的陽光而下意識地瞇了起來，很快他就發現了不遠處的羅獵和麻雀，剛好譚子明叫羅獵過去商量接下來的行動計畫。

陳昊東猶豫了一下還是主動向麻雀走了過去，從麻雀的神情已經能夠看出她對自己的厭惡。

陳昊東道：「你也去啊！」

麻雀道：「就當是出海觀光了。」她打量著陳昊東道：「你的臉色不好看啊。」

陳昊東歎了口氣道：「因為雲袖的事情，我這幾天都沒有休息好。」

麻雀道：「過去怎麼沒看出來，你居然是個至情至聖的人。」

陳昊東知道她在嘲諷自己，輕聲道：「誰都有動真情的時候，你對姓羅的不也一樣。」

麻雀冷冷望著他道：「不要拿我和你相比，你我從來都不是一路人。」

陳昊東道：「我當然比不上你！」

麻雀道：「你做了那麼多的壞事，這次居然還敢上船，你不怕我們為福伯報仇？」

陳昊東道：「我沒殺他，為什麼非得要將我沒做過的事情栽贓到我的頭上？」

麻雀道：「福伯當年沒有說錯，你這個人志大才疏，空有野心，卻沒什麼本事。」

陳昊東怒道：「夠了！」

他可嚇不住麻雀，麻雀道：「你不敢待在黃浦，是因為擔心待下去會遭遇不測，你得罪了蔣督軍，又得罪了振武門，現在已經是眾叛親離。」

陳昊東被麻雀戳破心事，一張面孔變得鐵青，可是他又不敢對麻雀怎麼樣，咬牙切齒道：「成者為王敗者為寇，你想怎麼說都行，我不在乎，我犯不著跟你一般見識。」

麻雀道：「只是你打錯了算盤，陳昊東我警告你，如果你膽敢在途中搞什麼花樣，我第一個不會放過你。」

陳昊東冷笑道：「你以為我會被你嚇住？」

麻雀道：「反正都是一死，你沒什麼好怕，對了，知不知道這艘船是前往什麼地方的？」她壓低聲音道：「東山島，等到了那裡，就是你的死期！」

陳昊東在得知他們即將前往東山島的時候，著實被嚇得不輕，他原指望著途中能夠有機會逃離這艘炮艇，可從現在的處境來看，想要從眾人的眼皮底下溜走幾乎沒有可能，事到如今，只能走一步算一步，麻雀有句話並沒有說錯，反正都是一死，又有什麼好怕的？

前往東山島的一路風平浪靜，正應了程玉菲的那句祝福，譚子明做事周到縝密，他在為這次的探險積極準備的時候，羅獵多半時間都在甲板上沐浴著陽光，調息靜養，自從回到這個時代，他的身體尚未完全得以康復，羅獵有種預感，這次的冒險歷程應該不會一直風平浪靜，也許會面臨一場凶險的考驗。他總是不由自主將這次的冒險和上次白雲飛請他尋找太虛幻境的事情聯繫起來，甚至懷疑這次也和白雲飛有關。

陳昊東生病了，開始大家都以為他在裝病，可經過隨船醫生的診斷，他的確得病了，應當是水土不服。只是陳昊東的症狀和常見的水土不服並不相同，後者通常表現為嘔吐腹瀉，而陳昊東始終高燒不退，他的體溫最高曾經達到了四十一度，這讓大家禁不住懷疑這廝會不會死在這條船上。不過他的病情在第三天得到了好轉，體溫也開始漸漸恢復正常。

除了隨船醫生，並沒有其他人關心陳昊東的死活，按照麻雀的說法，這廝活在世上也是浪費糧食。

他們已經順利進入了海龍幫控制範圍內，事先得到通報的海龍幫方面，派出了兩艘小艇前來引路，因為通往東山島的海路暗礁遍佈，極其複雜，如果沒有熟悉地形的人引領恐怕會遇到意外。

譚子明和邵威兩人站在船頭，雖然前方有小艇引路，譚子明仍然不敢掉以輕心，通過幾天的接觸，邵威和他已經很熟，笑道：「譚兄不必擔心，有我們的人引路，絕不會出任何的差錯。」

譚子明道：「實不相瞞，我入伍之時就是陸軍，海上的經歷實在是少得可憐。」

邵威道：「在陸地上只需要專注於對手，而在海上除了防備對手還要防備隨時都可能到來的風暴和無處不在的暗礁。」

譚子明笑道：「海龍幫稱霸東海那麼久，貴幫幫主也是一位了不起的英雄人物。」

邵威感慨道：「若無我們幫主，海龍幫只怕早就散了。」他雙手拍了拍憑欄道：「幫主其實早有金盆洗手之心，可是生逢亂世，他若是洗手不幹，我們那麼多的兄弟又將如何謀生，更何況這個世界弱肉強食爾虞我詐，正邪善惡誰又能說得清楚。」

譚子明深有同感地點了點頭，輕聲道：「你放心，等此次任務完成之後，我一定向督軍說明此事，力求促成合作。」

邵威心中大喜，如果真能合作成功，海龍幫從此也可以擺脫海盜的稱號，成為名正言順的軍隊編制，而他也立下大功一件。

前方出現了大片薄霧，引路的船隻示意他們放緩速度，邵威道：「就要到了。」

譚子明道：「好端端地怎麼突然會起霧？」

邵威道：「這一帶的天氣就是這個樣子，一年之中有大半年都有薄霧籠罩。」

譚子明心中暗忖，難怪海龍幫遭遇多次剿匪都能夠屹立不倒，和他們所在的地理位置有關。再往前行霧氣漸漸消散，陽光從空中直射而下，映照得整個海面金光粼粼，宛如千萬條錦鯉躍動其上，讓人目眩神迷，前方突兀地出現了一片島嶼群，在那片島嶼群的中心聳立著一座宛如海上碉堡般的錐形島嶼，這座高高在上的島嶼就是東山島，東山島的周圍散落分佈著數十個小島，這些小島如眾星拱月一般環圍著東山島，同時也將東山島周圍的遼闊海面劃分成一條條水道。

這些水道寬窄不一，在最寬闊的那條水道設下水閘，大型船隻必須通過水閘才能通行，每座島嶼之上都設有碉堡和瞭望塔，當真稱得上是一座海上要塞。

譚子明看到眼前情景已經知道為何海龍幫能夠擊退一次次清剿，至今頑強屹立於東海之上了。

此時張長弓魁梧的身影出現在甲板上，他向遠方揮舞著手臂，水閘緩緩開啟，東山島最大的碼頭上已經站滿了前來迎接的人群，其中一位美貌少婦滿面笑容，高聲呼喊道：「老公！我在這裡！」她就是張長弓的妻子海明珠，也是海龍幫幫主海連天的寶貝女兒。

張長弓的臉上露出憨厚的笑容，看到妻子，他的內心中湧現出難以形容的溫暖和幸福。

羅獵來到張長弓的身邊拍了拍他的肩膀，島上突然傳來震徹海天的炮聲，譚子明心中一沉，不過他馬上就反應了過來，這聲炮響並不是要攻擊他們，而是用來歡迎他們的禮炮。

炮響九聲，邵威向眾人介紹道，這已經是東山島迎接客人的最高禮遇。

譚子明也是現在方才知道張長弓居然是海龍幫幫主的女婿，一顆心頓時放了下來，有這些人相助，何愁這次的任務無法成功。

炮聲驚醒了陳昊東，他霍然從床上坐了起來，驚出了一身的冷汗，他唯一的那名手下道：「陳先生，到東山島了，您不用擔心，聽到的是禮炮聲。」

陳昊東喘了口粗氣道：「給我倒杯水。」

手下幫他倒了杯溫水送了過來，陳昊東抓起水杯咕嘟咕嘟地灌了下去，喝完一杯，又要了一杯，這才感覺到饑渴感稍稍減輕。

手下道：「陳先生，您好點了？」

陳昊東點了點頭道：「把衣服拿來，我換上，估計要下船了。」

張長弓第一個走上了碼頭，海明珠宛如一隻歡快的小鹿一般向他飛奔而來，輕輕一躍跳入他的懷中，張長弓抱著她輕盈的嬌軀原地轉了一個圈兒，將她放下，海明珠捧住他滿是鬍渣的面孔，額頭抵住他的額頭道：「有沒有想我？有沒有想我？」

一旁傳來羅獵的聲音道：「想啊！他每天都在想你！」

海明珠這才想起周圍還有那麼多人在場，她向來是個爽利大方的性子，咯咯笑道：「我要我家男人說，誰要你多嘴！」她來到羅獵面前展開臂膀給羅獵一個熱情的擁抱。

羅獵被她抱得那麼緊，忍不住提醒道：「嫂子，輕點，輕點，別讓我張大哥吃醋。」

海明珠放開羅獵笑道：「我巴不得他吃醋，他就是個榆木疙瘩，一點風情都沒有，早知他那麼呆，當年我就應當嫁給你。」

羅獵笑著求饒道：「別這樣，您這是故意離間我倆的兄弟感情。」

海明珠轉向張長弓道：「你吃不吃醋？」

張長弓搖了搖頭，反問道：「為什麼要吃醋？」一句話把在場人都引得笑了起來。

海明珠道：「你看到沒有，他就是這個樣子，在他心中羅獵永遠都是第一位，我這個當老婆的只能排在第二。」

張長弓不善言辭，只會嘿嘿地笑。

麻雀道：「你那麼喜歡張大哥，又何必在意排在第幾？無論他怎樣想，在你心中，他始終都是第一對不對？」

海明珠這才發現麻雀也來了，上前握住麻雀的手，笑道：「還是你說得對，老張在我心中始終是第一。」

羅獵一旁聽著，麻雀這番話分明意有所指，他向海明珠道：「海幫主沒來啊？」

海明珠道：「我爹本來是想過來的，可是他最近腿腳不太利索，我就讓他在家裡等著了，已經準備好酒宴了，今天我爹要親自為你們接風洗塵。」

譚子明悄悄向邵威道：「我看酒宴就免了吧，畢竟我們這次是帶任務來的。」

邵威道：「也不急於一時，大家已經在海上漂了三天兩夜，今晚就好好休息一下，再說，你不是還有事情想求教我們幫主嗎？」

譚子明看了看羅獵，羅獵道：「明天一早咱們繼續出發。」

既然羅獵都這麼說了，譚子明也就不再推辭，他安排一部分士兵駐守艦船，至於陳昊東，他也不放心將這廝留在船上，讓陳昊東和他們一起登臨東山島。

晚宴開始之前，羅獵和張長弓夫婦一起先行去探望了海連天。和幾年前相比，海連天明顯衰老了許多，他現在的狀況實際上比海明珠所說的還要嚴重一些，此前海連天得了一場大病，病癒不到半年，這場病給他留下了後遺症，右腿麻木，走路一瘸一拐。

羅獵將自己帶給他的禮物送上，海連天笑道：「你來就來了，還送什麼禮物。」

羅獵道：「我和張大哥與親兄弟無異，您是他的岳父，也就是我的長輩，您可跟我不要客氣。」

海連天讓女兒將禮物手下，他歎了口氣道：「老咯，我這身體也是一日不如一日了。」

海明珠道：「您可不老，您是老當益壯。」

海連天笑著搖了搖頭道：「我這個女兒就會說胡話。」他指了指張長弓道：「你不回自己的小家去看看？」

張長弓知道海連天有話想單獨和羅獵說，於是和海明珠一起離開了海連天的房間。

室內只剩下海連天和羅獵兩人，海連天打量著羅獵道：「羅獵，既然你和長弓情同兄弟，我也就不把你當成外人了。」

羅獵笑道：「自然如此。」

海連天道：「我這次派邵威前往黃浦，目的就是聯繫蔣紹雄，希望能夠帶著海龍幫改邪歸正，重回正途。」

羅獵心中暗忖，就算蔣紹雄答應了海連天的條件，收編海龍幫，可未必就是正途，歷史證明蔣紹雄也不過是曇花一現的軍閥，海連天的選擇未必明智。

海連天道：「我本來是打算將海龍幫交給長弓的，可是他是個憨厚的性子，勇武有餘，變通不足，我女兒明珠又自小就被我慣壞，也沒有統領海龍幫的能力，這些幫眾跟隨我那麼多年出生入死，我老了，歸西之日已不久遠，總得為這些兄弟想點辦法，留條後路。」

羅獵道：「伯父義薄雲天。」

海連天呵呵笑道：「我可算不上什麼義薄雲天，這世道也不再崇尚什麼義氣，所以啊，你們的友情才難能可貴。我這輩子做過不少的壞事，也做過一些好事，外面有些傳言多半都是假的，可能是老了吧，我現在總想著在死前多做點好事，我不瞞你，其實海龍幫在許多勢力眼中都是一塊肥肉。」

羅獵點了點頭。

海連天道：「有不少軍閥找我，連日本人也找過我，他們都給我開出優厚的條件，可是我這人就算再不濟，也不能賣國求榮，日本人我是不屑跟他們合作的，那些軍閥自稱愛國將領，可背地裡多半都是一些發國難財的賣國賊，他們的品性還比不上我這個海盜。」海連天的內心充滿了憤懣，江湖早已不是過去的那個江湖，這世道比起任何時候都要鬱悶。

羅獵道：「既然如此，您老為何會決定與蔣紹雄合作？」

海連天道：「一來滬浙一帶是他的勢力範圍，二來他不是漢奸。」海連天的理由非常簡單。說完，他自己笑了起來：「都是聽我說，你還沒有告訴我這次突然來東山島的原因。」

羅獵道：「無事不登三寶殿，我們這次過來的確有件事情想要麻煩您。」他將此行的緣由說了一遍。

海連天聽完之後，不覺皺起了眉頭：「蟒蛟島？我在東海那麼久，還從未聽說有這樣一座島嶼。」

羅獵道：「我也查過能夠找到的資料，並沒有在任何資料上發現蟒蛟島，不過我這裡倒是有一幅島嶼形狀的手繪圖。」他將那幅手繪地圖取出，遞給了海連天，海連天接過去仔細看了看，眉頭舒展開來：「這好像是卵蛋島，因為島上分佈著大大小小的鵝卵石，所以得名。」

羅獵笑了起來，卵蛋島，這名字也忒粗俗了一點，遠不及蟒蛟島來得大氣磅礴。

海連天再次確認道：「應該沒錯，距離東山島不遠，七十海浬的樣子，不過那島上光禿禿的除了石頭沒有別的東西，鳥不拉屎的地方。」

羅獵道：「多謝伯父。」

海連天道：「等明兒一早我讓邵威領你們過去。」

羅獵心中暗忖，無論怎樣這件事總算有了眉目，至於能否在這座島嶼上找到他們想要的東西，也只能到了地方再說。

海連天道：「別想那麼多了，既然來了，就好好感受一下東山島，今晚我準備了好酒，大家不醉無歸！」

晚宴現場熱火朝天，海龍幫對羅獵一行的到來表現出了極大的善意，張長弓身為半個主人，也是到處奔走，他海量驚人，滿場敬酒，面不改色，依舊談笑風生。

譚子明、羅獵和海連天同桌，海連天畢竟年事已高，喝了幾杯就感覺疲憊，提前告辭歇息去了，現場交給張長弓和邵威招待。

羅獵向一旁看了看，陳昊東就坐在鄰座，他落落寡合，和周圍人格格不入，譚子明專門派了六個人盯住陳昊東，陳昊東雖然也坐在這裡，其實和囚徒無異，他在途中也多次尋找逃離的機會，可是在這麼多眼皮底下根本沒可能逃走。

張長弓敬酒敬到了陳昊東那一桌，陳昊東道：「我不會喝酒！」

張長弓道：「怎麼？不給我面子？」

陳昊東慌忙道：「不是這個意思，我病……病還沒好……」

張長弓笑了一聲，也沒有繼續勉強他，和其他人喝了杯酒，來到羅獵身邊坐下，張長弓向譚子明道：「真是搞不懂你們督軍，為何要把這個累贅給送來。」

譚子明笑道：「督軍也是好意，知道羅獵和他有宿仇，所以才送了一個順水人情。」

張長弓道：「督軍為何不將好事做到底？」

譚子明笑了笑沒有說話。

羅獵心知肚明，蔣紹雄並不想親手除掉陳昊東的原因還是他的女兒，如果能夠將蔣雲袖順利救出，那麼如果有一天女兒知道陳昊東死在他的手裡，必然會生出裂隙，所以蔣紹雄將這個包袱丟給了羅獵。

其實對羅獵而言也算不上什麼難題，在解救蔣雲袖的過程中肯定充滿風險，就算陳昊東死了，也可以說是他為了營救蔣雲袖而死。

陳昊東望著周圍的熱鬧場面心中越發感覺到寂寥，想起自己的命運更是如坐針氈，他起身準備離去，他身邊的兩人冷哼一聲，馬上摁住他的肩膀，逼他重新坐下。

陳昊東無奈道：「我……我身體不舒服……」

一人道：「那也不必急於一時，晚宴馬上就要結束了。」

陳昊東身不由己，只能老老實實繼續待著。

譚子明留意到了這邊的狀況，讓人先陪陳昊東回去，不過悄悄盯住手下，只要離開宴會現場就給陳昊東戴上手銬，回到船上之後，要將這廝送入船艙嚴加看管起來。

陳昊東心中充滿鬱悶，他這次重返黃浦，本以為可以重振盜門，子承父業，可是現實卻將他碰得頭破血流，從楊超被抓，到蔣雲袖被劫，他在原本還佔有一定優勢的狀況下被一步步逼入絕境，將大好局面完全葬送，陳昊東已經心灰意冷，一個人在人身安全都得不到保障的前提下哪還顧得上其他的事情？他現在心中想得最多的就是如何脫身。

想歸想，可是在目前被嚴防死守的狀況下想要脫身很難，陳昊東被六人押回了艦艇，內心中的鬱悶進而變成了一種焦躁的情緒，抬起頭看到一輪明月懸掛於海面之上，月光如霜，照耀在海面上如同灑下萬千碎銀。

此情此境原本可以讓人心曠神怡，然而陳昊東望著那輪圓月卻感覺到周身的血液開始沸騰。

一名衛兵用力推了他一把，喝道：「快進去！」

陳昊東反倒停下了腳步，幾名衛兵也知道陳昊東如今的處境，誰也不把他當成督軍的未來女婿看待，紛紛笑了起來：「夠強啊！」

「有性格！」

「真把自個兒當成了姑爺？」幾個人笑得越發猖狂。

陳昊東緩緩轉過頭去，雙目惡狠狠盯住那幾名嘲笑他的士兵。

剛才推他的那名士兵道：「看什麼看？趕緊進去！」

陳昊東雙拳緊握，牙關咬得嘎嘎作響，內心一團熊熊火焰燃燒了起來，那名士兵看到他的樣子冷笑道：「怎麼？你還想打我不成？」他揚起槍托照著陳昊東的後腰搗了一下，陳昊東的憤怒徹底被這一擊點燃了，他猛地不顧一切地衝了上去，將那名士兵撲倒在甲板上。

其餘幾名士兵看到這突發的狀況一個個慌忙衝過去幫忙，拳打腳踢想要將陳昊東從同伴身上脫開，陳昊東喉頭發出野獸般的嘶吼，突然他張開嘴巴，滿口整齊的牙齒在月光下閃爍著白森森的光芒，他竟然一口咬住身下士兵的面部。

士兵發出一聲慘呼，慘叫聲吸引來了更多的士兵，眾人合力將陳昊東拽了起來，那名被陳昊東壓在身下的士兵面部血糊糊一片，好不駭人。

陳昊東呸的一聲吐出一口血肉，他感覺一股空前強大的力量正在自己的身體內部產生，雖然周圍士兵在不停的攻擊他，可是他卻沒有感覺到絲毫的疼痛，不知是不是自己的錯覺，他的力量在對方的攻擊中不斷上升，陳昊東雙手擰動，只聽到喀嚓一聲，原本銬住他的手銬竟然被他硬生生拗斷。

周圍士兵目瞪口呆，一名士兵揚起槍托重擊在陳昊東的枕後，他離得很近，所以第一個意識到形勢的危險，所以想要儘快將陳昊東擊倒。

可是陳昊東出手的速度更加驚人，左手將槍托抓住，右手閃電般抓住士兵的咽喉，原本白皙修長的手指如今變成了青灰色，指甲短時間內增長不少，猶如尖刀，他輕易就抓破了那士兵的咽喉，右手向外一帶，將對方的喉頭軟骨整個抓了出來。

那士兵的咽喉出現了一個大大的血洞，原本圍攏在陳昊東周圍的士兵看到眼前一幕，都被嚇傻了，他們慌忙向後退去，端起步槍拉開保險準備射擊，陳昊東的身體如同鬼魅般向前穿行，靈活躲避著子彈。

與此同時，最早被他咬住面門的那名士兵也從地上爬起，目光呆滯地望著前方，突然抱住他的一名同伴，嘴巴極其誇張地張大，一口咬住那同伴的頸部。

艦艇之上陣陣慘呼傳出，槍聲接連響起。

羅獵聽到了槍聲，他放下酒杯道：「有槍聲！」

譚子明側耳聽了聽道：「不錯，好像是從碼頭方向傳來的。」

邵威笑道：「很正常，在這裡，我們喝多之後通常會舉槍向天空射擊，以此來宣洩。」這樣的事情見怪不怪。

羅獵卻道：「我還是回去看看。」

譚子明道：「你留下來繼續喝，還是我去。」

麻雀打了個哈欠道：「我也睏了，反正這酒也喝得差不多了，天下沒有不散的筵席。」

羅獵點了點頭道：「是啊，也該回去休息了。」

此時外面槍聲已經停歇了，邵威道：「好像停下來了。」

張長弓道：「成，今兒就喝到這裡，畢竟明天一早還要出發。」他既然這麼說，邵威也就不再繼續勉強，按照他們的意思本想送羅獵回去，可羅獵在宴會廳門外說什麼都不讓幾人再送。

一群人向碼頭走去，譚子明道：「海龍幫方面還真是熱情。」

羅獵笑道：「江湖中人大都是熱血性子，其實如果不是世道艱難，誰會選擇做海盜？」

譚子明點了點頭，他向羅獵道：「我和海幫主談過，合作之事我會儘量促成。」

羅獵道：「有勞譚大哥了。」

譚子明道：「朋友之間又何必如此客氣。」

麻雀道：「明天幾點出發？」

譚子明對此早有打算：「明天八點咱們出發，如果一切順利，正午時分就能夠抵達蟒蛟島。」

羅獵道：「按照這艘船的行進速度，估計會大大提前。」

譚子明道：「希望那卵蛋島就是我們要找的地方。」

麻雀紅著臉道：「蟒蛟島多好聽，這名字不知誰起的，實在太粗鄙了些。」

羅獵和譚子明對望了一眼，兩人都忍不住笑了起來。

麻雀紅著臉道：「笑什麼笑？有什麼好笑？」

羅獵和譚子明仍在笑。

麻雀道：「小心樂極生悲……」她的話音未落，只聽到一聲驚天動地的爆炸聲從碼頭傳來，這聲爆炸讓整個東山島為之一震，如同天崩地裂，島上眾人紛紛向爆炸發生的方向望去，只見碼頭上升騰起一團沖天的紅色煙霧。

譚子明看到眼前情景，內心瞬間墜入谷底，他第一時間就判斷出發生爆炸的地方應該就是他們艦船停靠的地方，要知道這是他們執行任務的唯一艦船，如果艦船被毀，就意味著他們的任務剛剛開始就已經失敗。

譚子明顧不上多想，大步向碼頭奔去，羅獵和麻雀也跟在他的身後。

碼頭上已經亂成一團，借著熊熊火光，看到那炮艇已經淹沒在火海中，有人不斷從炮艇上跳下，一個個火人慌不擇路直接就跳入大海中，岸上的人向碼頭靠近，他們解開小舢板，划著舢板儘量靠近炮艇，準備去救人，可接下來的一幕更讓人意想不到。

剛剛從海水中救起的傷者，發狂般撲向施救者，張開嘴巴撕咬著對方，碼頭上慘呼聲不斷，一個接著一個宛如行屍走肉般的倖存者從海中爬到了岸上。

譚子明從他們身上的軍服看出這些人多半都是自己的手下，他不知道發生了什麼事，目瞪口呆地望著眼前慘狀，一名爬上碼頭渾身鮮血淋漓的士兵看到了他，稍稍愣了一下，然後甩開兩條腿向譚子明飛奔而來。

譚子明大聲道：「陳台！」此人正是他的一位親信。

對方並沒有因為他的呼喊而清醒，就在此時一旁響起了槍聲，卻是羅獵舉槍一槍將對方的頭顱射穿，鮮血和腦漿四處飛濺，那被轟爛腦袋的傢伙撲倒在了地上，雙手仍然在用力支撐著地面，想要從地上爬起。

譚子明看到眼前讓人驚恐的一幕，不由得倒吸了一口冷氣。羅獵冷靜道：「瞄準他們的頭部開槍！喪屍病毒，這些士兵中了喪屍病毒，記住，千萬不要被他們咬住或抓傷，一旦被這些感染者傷及，就會變得和他們一樣瘋狂且失去理智，成為一具行屍走肉，在目前來說……」

羅獵舉槍又射穿了一名喪屍的頭顱，然後用沉重的語氣說出接下來的話：「無藥可救！」他想起了林格妮，只有林格妮的血清才能夠克制住喪屍病毒，不過林格妮在當今的時代尚未出世。

眼前這些感染的喪屍很可能是和他在甘邊寧夏所遇的相同。

譚子明此時回過神來，他瞄準其中一名喪屍的頭部開槍，這些喪屍都是昔日他忠誠的手下，譚子明開槍之時內心中格外煎熬，可很快他的理智就戰勝了感情，如果不能做到當機立斷，那麼現場局面將變得不可收拾。

麻雀雙手舉槍站在羅獵身邊連續射擊，為他清除左側奔來的喪屍。

讓羅獵感到恐懼的是，那些被射穿頭部的喪屍並未如他們所願般徹底死亡，在倒地後不久，竟然又從地上爬了起來，羅獵能夠斷定，他們和在甘邊所遇的喪屍有著根本上的不同。

碼頭上喪屍越來越多，這是一場此消彼長的戰鬥，他們的子彈雖然無法給這些喪屍造成根本性的傷害，而這些喪屍驚人的速度和攻擊力讓他們不斷將譚子明陣營的正常士兵擊倒咬傷，而這些受傷的士兵很快就感染了喪屍病毒成為喪屍軍團中的一員。

羅獵和麻雀對望了一眼，他們周圍並肩戰鬥的同伴越來越少，再這樣下去，他們就會陷入喪屍的團團包圍之中。羅獵和麻雀雖然都擁有地玄晶武器，可是在敵眾我寡的狀況下，他們無法保證一定能夠衝出重圍，其中的關鍵還在於羅獵現在並未恢復巔峰狀態。

密集的槍聲響起，卻是海龍幫總部聽到這邊的爆炸聲集合趕來，為首一人就是張長弓，張長弓和羅獵一樣經歷過天廟之戰，多次和喪屍正面對決，他大吼道：「撤退，大家撤回去！」

援軍的加入讓他們的火力暫時壓制住了喪屍群的逼近，喪屍在密集的火力網下紛紛倒了下去，不過他們倒地之後又很快爬了起來，帶著一身的汙血，一身的殘肢碎肉繼續頑強前進。

參與戰鬥的人多半沒有見過如此恐怖的場面，羅獵大聲道：「儘快撤回去！」在碼頭廣闊而沒有遮攔的地形下展開戰鬥，他們沒有任何的屏障可以守，這些喪屍會頂著槍林彈雨衝過來，這會兒功夫又有十多人被撲倒。

張長弓和羅獵負責斷後，費勁辛苦，眾人方才退到了東山島的內寨，內寨，是東山島的核心，周圍用圓木築起圍牆，高達兩丈，每隔二十米還有一座高塔負責瞭望。

羅獵和張長弓最後衝進大門，眾人在關門之時，聽到後方慘呼道：「譚大哥……等等我……」

譚子明舉目望去，卻見後方一人渾身浴血正在亡命向大門處逃來，那人是他的好友彭山響，彭山響身上多處受傷，一瘸一拐地奔跑著，在他身後則有近百名喪屍窮追不捨。

譚子明和彭山響近二十年的交情，看到老友如此目眥欲裂，他想要衝出去相迎，卻被張長弓一把抓住，大吼道：「你不要命了？」

譚子明道：「我的朋友，我的部下，他們全都在外面……」說到這裡，他喉頭哽咽再也說不下去，堅強如他也不禁流下兩行熱淚。

邵威指揮手下關門，搶在喪屍進入內寨之前將大門關閉。

眾人爬上高塔，卻見彭山響也已經逃到了大門前，他雙手大力拍擊著大門，哀嚎道：「放我進去！放我進去……」在他的周圍百餘名喪屍已經將他團團包圍。

彭山響轉過身，望著身後的喪屍，他咬牙切齒地笑道：「王八蛋，你們這幫王八蛋！給我一槍！」他的聲音在夜風中迴盪。

彭山響大吼道：「譚子明，給我一槍！」

譚子明顫抖的手舉起了槍，羅獵抓住他的手腕，從他手中拿起那把槍，瞄準彭山響的頭顱，譚子明痛苦地閉上了雙目，他知道羅獵是好意，羅獵是不想自己的後半生都活在親手殺死摯友的內疚中。

槍聲響起，兩行熱淚從譚子明的臉上無可抑制的流下。

羅獵的這一槍卻並未打中彭山響，子彈射中了一名撲向彭山響的喪屍，那喪屍的頭顱被射出一個血洞，不過喪屍只是身軀搖晃了一下，然後繼續向彭山響撲去。

羅獵的第二槍射中了他的胸口，喪屍一個踉蹌，仍然頑強地想要攻擊。

彭山響揚起砍刀猛然將眼前喪屍劈成了兩半，大吼道：「王八犢子，去死吧！」他周身染血仍然屹立不倒。

譚子明聽到彭山響的聲音方知他仍未死，睜開雙目向下望去，彭山響大聲道：「老譚，我沒有怪你！咱倆換個位置，我也會像你一樣！」他揚起大砍刀向喪屍群衝了過去。

羅獵和張長弓同時舉槍射擊為彭山響做出掩護。

彭山響衝了幾步，高大的身軀湮沒在喪屍群中，喪屍宛如潮水般將他包圍。

第五章

喪屍再現

羅獵想起在哈爾施塔特廢棄鹽礦所遇的喪屍，
這些喪屍的特徵和那些更像，可那些喪屍所感染的病毒，
是從當今時代幾經演變方又經明華陽研製改良而成，
應該不可能出現在這裡，除非有人像自己一樣穿越時空，
並將這些病毒帶到了這裡。

整個海龍幫都已經進入了戰備狀態，在聽到消息之後，就連幫主海連天也第一時間來到了戰鬥前沿，目前有百餘名喪屍聚集在內寨的北門，而港口那邊仍然有槍聲不斷傳來，由此可見戰鬥並未結束，海龍幫駐紮在港口附近的人口有近五百人，如果這五百人全都感染了喪屍病毒，後果將變得極其嚴峻。

望著遊魂般在外面逛蕩的喪屍，海連天不禁皺了皺眉頭：「這些人到底是怎麼了？」

張長弓將發生的狀況向他做了一個簡單的稟報，海連天心中暗歎，這一切到底是怎麼發生的？他心中高度懷疑應當和譚子明、羅獵這群人的到來有關，可是在沒有證據的狀況下，他並不方便挑明。

可其他人並不這麼想，海龍幫的四當家顏武祿是個火爆脾氣，他禁不住道：「我們東山島可從未發生過這樣的事情，怎麼你們一來就出了這種事？」

羅獵和譚子明心中清楚，這事兒十有八九和他們有關，對方的指責並不是沒有道理的，如果他們不來，東山島或許不會有這場劫難。

張長弓道：「顏叔，話不能這麼說，到現在誰也搞不清狀況，你不能毫無根據地把責任推到我朋友的身上。」

顏武祿怪眼一翻道：「咋地？不是他們，難道是我惹來的麻煩？」

邵威道：「四哥，事情沒有搞清之前千萬不要亂說。」

顏武祿怒道：「你小子就是一個胳膊肘往外拐的貨色，從來都是幫著外人！」

一臉陰沉的海連天怒喝道：「住嘴！」他在海龍幫內擁有著絕對的權威，他一開口，所有人都停住了說話，海連天道：「大敵當前，你們不想著如何克敵制勝，反倒忙著相互指責，簡直是胡鬧！」

顏武祿老臉通紅，海連天說得不錯，大敵當前，眼前可能是海龍幫前所未見的危機，如果他們不同心協力，很可能連這一關都過不去。至於責任，也得等先過這一關再說。

海連天道：「有沒有克制這些喪屍的辦法？」

羅獵道：「我曾經見過這樣的怪物，它們是被喪屍病毒感染，如果正常人被抓傷或咬傷，也會很快就變成喪屍，過去我遭遇喪屍的時候，只需射擊它們的頭部，就能夠將喪屍徹底殺死，可這些喪屍似乎發生了進化，不但生命力旺盛，而且它們的移動力和攻擊力都有大幅增加。」

張長弓道：「現在好像不是這樣了，它們完全變了，哪怕是只剩下一隻手，仍然會不計一切地攻擊。」

海連天冷冷道：「那就動用大炮，把它們轟得灰飛湮滅，老子就不信，還幹不掉這些行屍走肉！」他轉向邵威道：「你去準備，用炮火將這些喪屍全都幹掉！」

「是！」邵威領命之後離去。

麻雀用望遠鏡觀察著那些喪屍，小聲道：「還好它們不會爬牆。」其實眾人都想到了這個問題，如果喪屍會爬牆，他們要面臨的狀況會更加危險。

此時遠方傳來一聲淒厲的嚎叫，那些喪屍似乎聽到了召喚，一個個回頭向碼頭的方向奔去。

張長弓點燃一支火箭向一名喪屍射去，火箭射中那喪屍的身體，馬上熊熊燃燒了起來，喪屍變成了一個火人。

海連天皺了皺眉頭道：「它們在幹什麼？難道未卜先知，知道咱們要用火炮攻擊它們？」

羅獵道：「應該是聽到了召喚。」

海連天倒吸了一口冷氣道：「什麼人能夠命令這些喪屍？」

羅獵道：「應該是最早的感染者！」不知為何他的腦海中突然浮現出一張熟

悉的面孔，陳昊東。他想到了陳昊東，雖然到目前為止仍然無法確定陳昊東和這件事有關係，可羅獵總感覺這件事和他有關。

海連天道：「不管那麼多，只要他們敢來，就把他們全都炸翻天！」他的話剛剛說完，卻聽到一聲震徹天地的炮聲，海連天本以為是邵威開炮，可馬上意識到自己還沒有下達命令。

此時在他們右前方的高塔被炮彈擊中，整個高塔瞬間化為齏粉，高塔內負責防守的人被炸得四分五裂，四肢和碎肉漫天飛舞。這一炮竟然是從港口處打來的。

二當家徐克定反應了過來：「幫主，有人正在從港口向我們開炮……」

蓬！又是一聲炮響，這顆炮彈越過圍牆落入了東山島內寨，在堅硬的岩石地面上留下一個彈坑，幾名推著戰備物資的嘍囉被不幸命中。

譚子明道：「快走，此地不宜久留！」他看出這一座座的高塔已經成為對方率先攻擊的目標，說話間又有一座高塔被擊中。

邵威領命之後正在向炮台靠近，還沒有等他來到一號炮台，一顆顆炮彈就向炮台飛去，一號炮台淹沒在一片煙霧之中，邵威只能臨時改變路線，讓手下去通知其他炮台，自己帶領兩名手下向二號炮台衝去，只有儘快的掌控炮台進行炮火還擊，他們方能扭轉現在的局面。

羅獵和張長弓商量了一下，他們決定冒險前往碼頭，那些炮彈都是從停泊在碼頭的海盜船上打來的，除了這些喪屍之外沒有其他的敵人，也就是說開炮的應該是那些已經變成喪屍的炮手。想要化解眼前的危機就必須要奪回海盜船或著將之炸毀。

雖然邵威已經前往炮台，可是至今炮台仍然沒有一炮發出，而且他們看到一號炮台爆炸起火，已經喪失了反擊的能力。

來自碼頭的炮火已經將圍牆轟塌多處，現在如果喪屍大規模來襲，他們已經失去了可以抵禦的屏障。他們必須要反擊，反擊分頭進行，一部分人由徐克定和顏武祿率領，他們從西邊繞行力求在不驚動那些喪屍的前提下控制住一艘艦船，開動炮火將喪屍佔領的船隻擊沉。另外就是羅獵和張長弓幾人，他們直接前往喪屍所控制的艦船，看看有無將之炸毀的機會。

相對來說後者更為危險，雖然麻雀和海明珠都主動要求前往，卻被羅獵堅決否定，最後由他和張長弓、譚子明三人帶著炸藥前往。剩下的人向東山島的山頂撤退，前往山頂的碉堡，那裡也是他們的最後防線。

譚子明的內心中帶著愧疚，他認為眼前的狀況和自己有關，從他們的炮艇被炸毀之後，形勢變得急轉直下。三人離開內寨，譚子明向張長弓歉然道：「張大哥，是我給您帶來了那麼多麻煩。」

張長弓道：「是福不是禍，是禍躲不過，跟你無關，這些喪屍如果不是出現在這裡，而是出現在陸地上，恐怕情況會變得更加不可收拾，咱們還算幸運。」

羅獵點了點頭道：「張大哥說得不錯，咱們千萬不要埋怨自己，當務之急是解決這場危機。」

張長弓道：「你還有多少飛刀？」說完之後又補充道：「地玄晶的。」

羅獵隨身攜帶了六柄地玄晶打造的飛刀，在他巔峰狀態下，可以隔空禦刀，在遠距離的狀況下控制飛刀斬殺敵人，可是在時空穿越之後，他的身體狀態需要相當長的一段時間恢復，甚至他目前都不敢輕易動用自己的精神力，所以區區六柄飛刀根本不夠使用，更何況這些喪屍未必害怕地玄晶鍛造的武器。

張長弓道：「這些喪屍好像比起過去的更加難對付。」

羅獵想起在哈爾施塔特廢棄鹽礦所遇的喪屍，這些喪屍的特徵和那些更像。可那些喪屍所感染的病毒是從當今時代幾經演變方又經明華陽研製改良而成，應該不可能出現在這裡，除非有人像自己一樣穿越時空，並將這些病毒帶到了這裡。

羅獵道：「誰都有弱點，擒賊先擒王，只要找到他們的首領，將之幹掉，這喪屍軍團就會不攻自破。」

譚子明道：「誰是他們的首領？」

羅獵道：「應該是最初的感染者。」

他們三人在硝煙中小心行進，即將靠近碼頭的時候，看到一名喪屍手握衝鋒槍在前方放哨，三人交遞了一個眼神，張長弓抽出角弓，彎弓射箭一氣呵成，羽箭直貫那喪屍的顱腦，將它射得匍匐倒地。不等這喪屍二次爬起，羅獵已經如獵豹般衝了過去，用軍刀切斷了它的腦袋。

張長弓跟上去，瞄準喪屍的後心又是一箭，將它的身體釘在了地上。

羅獵揚起帶著黑血的軍刀，向張長弓搖了搖頭，表示這含有地玄晶成分的軍刀對喪屍並沒有特別的作用。

張長弓的內心蒙上一層陰雲，看來他們的任務會越發艱巨。

他們藏身在一艘在岸上維修的艦船旁，此時又響起了一聲炮響，張長弓掏出望遠鏡向船頭望去，視野中出現了一個熟悉的身影，他看到了陳昊東，陳昊東迎風站立在船頭，原本白淨的面龐在月光下呈現出一種病態的青色，他右手揮舞分明是在發號施令。

張長弓低聲道：「陳昊東！」他將望遠鏡遞給了羅獵。

羅獵通過望遠鏡看到眼前的一幕，心中暗忖，看來自己的預感果然成為了現實，陳昊東就是最初的感染者，他也是這群喪屍的首領。

譚子明後悔不迭道：「早知如此，我就應當將他幹掉。」

羅獵道：「現在也不晚！」

張長弓道：「必須再接近一些，我才有把握將他剷除。」

羅獵道：「這廝今非昔比，咱們一定要小心。」

張長弓抬頭看了看他們用來藏身的艦船，只要爬上去應該可以看得更清楚一些，也更容易鎖定目標，他將自己的想法告訴了羅獵和譚子明，羅獵道：「咱們分頭行動，你負責對付陳昊東，我和譚大哥繼續靠近他們的船，看有沒有機會將那艘船炸掉。」

張長弓道：「好，我給你們掩護。」

羅獵道：「不止是掩護，我們可以將炸藥固定在船身上，但是如果點燃引信估計來不及撤離，所以只能由你利用火箭射中炸藥來引爆，當然要在我們撤到安全的地方，給出信號之後。」

張長弓道：「沒問題，你們去吧！」

他沿著船體垂落下來的繩索向上攀爬，不一會兒功夫就爬到了甲板上，此時看到陳昊東已經從剛才的位置消失，張長弓繼續沿著桅杆向上爬去，站得高才能看得遠，對張長弓而言，爬山上樹原本就是他的強項，桅杆雖然很高可是難不住他，張長弓很快就爬到了桅杆的頂端，以雙腿盤住桅杆，拿起望遠鏡向敵艦望去，甲板上看不到陳昊東的身影。

張長弓心中暗自好奇，這才過去一會兒功夫，這廝就不知去了什麼地方，再看羅獵和譚子聰，兩人已經進入海中，距離敵艦大概還有五十米左右，並未引起敵人的注意。

此時看到敵艦又有動作，那群喪屍水手移動炮筒，瞄準了不遠處的一艘船，震耳欲聾的炮聲再度響起，卻是徐克定和嚴武祿前往奪船被喪屍發現，那些喪屍乾脆利用船上的火炮將周圍船隻盡數擊毀。

張長弓暗叫不妙，因為那群喪屍很快就將炮筒轉向了他所藏身的艦船。

羅獵和譚子明兩人此時已經來到了那群喪屍盤踞的船旁，兩人交遞了一個眼神，開始將他們攜帶的炸藥固定在船身之上。兩人儘量將炸藥固定在高處，這是為了避免炸藥包被海水打濕。

他們完成任務之後，馬上開始撤離。

張長弓通過望遠鏡觀察著兩人的動向，此時喪屍已經開始轉移炮口，瞄準了張長弓所在的艦船，張長弓摘下長弓心中焦急等待著羅獵給出信號。

羅獵和譚子明此時也在迅速游離那艘艦船，不過目前兩人尚未來到安全的地方。

蓬！喪屍開始發動第一次炮擊，炮火擊中了張長弓所在艦船的甲板，將這艘船擊出一個大洞，炸裂開的甲板木屑飛散得到處都是，張長弓在桅杆上身軀晃動，險些被這次爆炸引起的震動甩脫出去。

還好桅杆並未斷裂，張長弓在船身穩定之後再度望去，只見羅獵兩人又游近了一些。

喪屍準備第二次炮擊的時候，東山島上傳來一聲炮響，卻是二號炮台噴射出憤怒的炮火，一顆炮彈居高臨下射向碼頭，邵威終於成功控制了二號炮台並將之啟動，只是這一炮的精準度稍差，並未擊中敵艦。

雖然如此，這一炮還是起到了有效轉移敵人注意力的作用，也將張長弓從危在旦夕的處境中解救出來。

喪屍轉移炮筒，將目標鎖定在東山島上進行反擊。

張長弓從望遠鏡中看到羅獵他們已經到達了安全地帶，羅獵拿起信號槍向空中射出一槍，張長弓終於等到了這個時候，他點燃了一支火箭，瞄準固定在敵艦上的炸藥射出。

火箭在暗夜中劃出一道閃亮的軌跡，又如一道閃電穿行，準確無誤地命中了羅獵他們事先固定在船身上的炸藥，火箭點燃了炸藥，在驚天動地的爆炸聲中，敵艦從中被炸成兩段，緊接著又引發了敵艦彈藥艙的爆炸，海面上因爆炸而掀起一道沖天水柱，爆炸引起的火光染紅了半邊天空。

羅獵和譚子明回頭望去，卻見被炸毀後的敵艦迅速沉入海中，兩人擊掌相慶，同時大笑起來。

張長弓看到這一箭功成，心中倍感欣慰，他沿著桅杆迅速滑下，他的雙腳剛剛來到甲板之上，突然感覺到身後風聲颯然，慌忙躬下身去，一柄長刀貼著他的頸後削了出去，張長弓若是反應再慢上一刻，只怕他現在已經身首異處。

張長弓躬身之後，反手就是一槍，然後身體向前衝出，幾個動作一氣呵成，生死決戰的關頭絕不能有絲毫的猶豫，否則就會喪失所有的生機。

張長弓前衝幾步轉過身來，卻見剛才偷襲他的人宛如木乃伊般將周身包裹得嚴嚴實實，只有一雙綠油油的眼睛暴露在外，他身上纏著灰色的繃帶，閃爍著金屬的光芒，張長弓剛才射出的子彈竟然沒有一顆能夠射穿對方的身體，應該是這怪異的繃帶起到了阻攔的作用，確切地說不是繃帶而是護甲。

對方將太刀橫起，雙目閃爍著妖異的光芒。

張長弓也從背後抽出自己的大砍刀，剛才在敵艦炮擊這裡的時候，艦船因爆炸而失火，現在火勢迅速蔓延，整個甲板到處都是火焰。張長弓大吼一聲向前跨出一步，大砍刀劃出一道絢爛的刀光直奔對手砍去。

對方揮刀正面迎擊，雙刀相交，發出刺耳的碰撞聲，隨即兩人同時手腕一翻，刀身攪動，彼此都感覺到對方手腕上強大的力道。張長弓顯然在膂力上更佔優勢，在彼此對抗分開之後，張長弓再度衝了上去，雙手握刀在空中旋轉而後一個力劈華山狠狠劈了下去。

那宛如木乃伊般的怪人反手一刀試圖擋住張長弓的這次重擊，無奈力量實在是太大，他的身軀雖然能夠扛住，可是他腳下的甲板卻已經無法承受這巨大的壓力，只聽到喀嚓一聲，甲板從中斷裂，那怪人從甲板裂出的洞口中直墜而下。

張長弓準備乘勝追擊之時，聽到身後傳來羅獵的聲音：「窮寇莫追！」

張長弓這才停下腳步，轉身看去，羅獵和譚子明兩人濕漉漉地爬了上來。

譚子明道：「咱們還是儘快離開這個地方。」

張長弓忽然掏出手槍瞄準了譚子明身後，呯的一槍，擊中了一名從船舷爬到甲板上的喪屍。幾乎就在同時，從這艘艦船的四面八方有十多名喪屍攀爬上來。

羅獵皺了皺眉頭，他們成功炸毀了喪屍控制的艦船，本以為這次爆炸可以除掉多半喪屍，可是沒想到倖存的漏網之魚還有那麼多。

被張長弓射中的那名喪屍頭上多了一個大洞，不過死而不僵，仍然堅持爬上了甲板，張長弓罵了一句，抽出了大砍刀。

羅獵向譚子明道：「你掩護我們！」他也抽出長刀，面對這些不死不休糾纏到底的喪屍，冷兵器切開它們的身體反倒成為最有效的克敵手段，羅獵向前衝去，奔出兩步騰空躍起，身體在空中翻轉，手中長刀從前方喪屍的頸部劃過，切斷了那喪屍的腦袋。

黑血四濺中脫落在地的腦袋仍然演繹著凶殘的表情，滾落到譚子明的面前，譚子明抬腳狠狠踢中這顆腦袋，那喪屍的腦袋如同皮球一般騰空而起，飛出艦船，遠遠落在了海水之中。

羅獵和張長弓很快就會合在了一起，兩人並肩戰鬥，相互配合，轉眼之間就已經劈倒了九名喪屍，甲板上到處都是血污。譚子明利用地形和戰團保持一定的距離，方便給兩人做出掩護。

耳邊又傳來一聲炮聲，譚子明的臉色驟然改變，還沒等他做出反應，一顆炮彈就擊中了他們所在艦船的船身，船身被擊出一個大洞，裂開的船身向一旁傾覆而去，譚子明被爆炸引起的氣浪掀飛出去，他摔落在沙灘上，雖然沙灘鬆軟，可因為爆炸和高處墜落的衝擊力也讓譚子明被摔得周身骨骸欲裂，他掙扎著想要從地上爬起，此時看到兩名喪屍正一步步向他走來。

譚子明慌忙去摸槍，卻發現自己的手槍在剛才跌落的過程中失落了，譚子明強忍疼痛想要從地上爬起，喪屍明顯意識到他有所動作，也加快了腳步。

譚子明感覺自己就要來不及的時候，咻的一箭射了出來，從側方射入一名喪屍的脖子，箭勢不歇繼續向前，又穿透了另外一名喪屍的脖子，將兩名喪屍如同糖葫蘆一樣串了起來，兩名喪屍雖然沒有死去，可現在的狀況卻讓它們行動受限，向前邁出的腿相互絆了一下，重重跌倒在了地上。

譚子明及時爬了起來，看到是張長弓救了自己。

羅獵也從另外一邊趕了過來，揮動長刀將兩名喪屍攔腰砍成兩段。

一個個喪屍的身影從海水中爬出，這些喪屍上岸之後並沒有直立行走，而是利用雙手雙腳在地面上攀爬，遠遠望去如同一隻隻橫行的螃蟹。譚子明感到一陣陣噁心，他摸出一顆手雷向喪屍群眾扔了過去。

手雷落入喪屍的隊伍中卻沒有引爆，譚子明準備做第二次嘗試的時候，從東山島的上方一顆炮彈轟到了喪屍群中，炮彈正中垓心，數十名喪屍被砸得血肉横飛。

羅獵督促兩人儘快撤退，剛才擊中艦船的那一炮來自於己方陣營，這一炮也是如此，在喪屍大舉進犯的狀況下，來自於東山島的反擊已經集中在碼頭周圍，想要分辨誰是喪屍誰是自己人並不是那麼容易，如果他們繼續待在炮火覆蓋的範圍內，被誤傷的可能性很大。

原本用來隔離外界敵人的木牆已經被嚴重損毀，根本起不到阻擋喪屍的作用，撤退點是東山島頂部的白色石頭堡壘，那裡也是海連天的住處。

張長弓對東山島的地形非常熟悉，帶著兩人從小路進入，來到半山腰的時候，看到另外一支逃來的隊伍，為首一人是顏武祿，張長弓道：「四叔，你那邊情況怎麼樣？」

顏武祿歎了口氣道：「我們好不容易搶到了一條船，可沒多久又被擊沉了。」

張長弓充滿詫異道：「不對啊，我們明明將他們控制的海鷹號給炸毀了。」

顏武祿道：「他們至少控制了三艘船，喪屍比我們想像中更多。」

張長弓沉默了下去，剛才他們所見到的狀況和顏武祿所說相符，在炸掉海鷹號之後，仍然有不少喪屍爬上了碼頭，其數量並沒有減少太多。

羅獵道：「喪屍病毒感染的速度很快，雖然咱們消滅了一些，可是新感染的數量更多，所以才會出現這樣的狀況。」

顏武祿歎了口氣道：「娘的，照這樣下去，這東山島豈不是要被他們給佔領了？」

羅獵沒有說話，不過顏武祿無心的這句話其實說出了一個事實，從現在的狀況來看，此消彼長，喪屍的數目肯定會不斷增加。固守東山島並不是長久之計，最好的辦法應當是離開並將其他的艦船毀去，讓這些喪屍無法離開東山島，也只有這樣，才可以避免喪屍病毒進一步擴散。

他們來到了最後一道防線，堡壘上方出現了幾個身影，聽到有人大喝道：「什麼人？」

張長弓大聲回應道：「我是張長弓！」

邵威的身影出現在瞭望哨塔，確信下方是自己人，他方才下令開門放行，每個人進入其中的時候都需要進行檢查，這是要確定進入堡壘的人有無受傷，避免有感染喪屍病毒的人混入其中。

顏武祿對邵威的做法明顯產生了反感，嚷嚷道：「邵威，你什麼意思？我們冒著生命危險去打喪屍，現在回來，你居然要搜身？」

邵威陪著笑道：「四哥，這事兒可不能怪我，幫主的命令，所有人都不能例外。」

羅獵對此表示理解，張長弓道：「先檢查我吧。」

正在接受檢查的時候，從下方又有數十名喪屍向這邊蜂擁而來，邵威不得不停下檢查，給所有人放行，關上大門，提醒眾人不要離開，必須完成檢查之後才能離去。

羅獵登上瞭望哨塔，利用望遠鏡向遠處望去，卻見海岸線上仍然有喪屍不斷向這裡靠近。

邵威來到他的身邊，低聲道：「情況不容樂觀。」

羅獵道：「東山島上有多少人？」

邵威想了想道：「算上家眷將近三千人。」停頓了一下又道：「在港口周圍居住的占絕大多數。」

羅獵內心一沉，現實狀況要比他預想中更加嚴重，他放下望遠鏡道：「幫主在什麼地方？」

「我帶你去見他！」接受完檢查的張長弓道。

海連天站在東山島頂端的燈塔之上，眺望著遠方的情景，遠方的天空露出一絲魚肚白，黎明即將到來，爆炸聲槍炮聲哭號聲隨著海風不斷送入他的耳中，海連天的內心焦灼且彷徨著，有生以來，他從未遭遇過如此嚴峻的狀況。

海明珠擔憂地望著父親，小聲道：「爹，您都一夜未合眼了，不如先去睡一會兒，反正一時半會那些怪物也攻不進來。」

海連天道：「怎麼能睡得著啊！」

此時下面傳來張長弓的聲音，海明珠激動道：「長弓回來了。」

海連天點了點頭道：「你去接他上來！」

羅獵和張長弓在海明珠的引領下來到燈塔上，海連天的目光仍然望著海面，此時天空已經漸漸放亮，他的視野變得更加清晰。張長弓將他們前去執行任務的狀況向他簡單稟報了一遍。

海連天道：「你二叔還未回來。」

徐克定和顏武祿一起出去執行任務，而今顏武祿已經返回，可是徐克定仍然沒有消息，張長弓聞言心中一沉，到現在還沒有回來，十有八九是遇到了麻煩。

海連天感歎道：「這世上竟然有如此恐怖的東西，我過去只是聽說過殭屍的事情，還從未親眼見過，想不到……」他長歎了一口氣，雙手在前方憑欄上重重拍了一記道：「原來這世上果真是有鬼魂的。」

羅獵道：「伯父，它們不是殭屍，而是被感染了一種疾病。」

海連天轉過身來，望著羅獵道：「什麼疾病如此可怕？」

羅獵道：「一種人為製造的病毒，通過血液傳播，甚至可以在不同種類的生物之間傳播。」他想到了當初在甘邊之所見，那時喪屍病毒不但可以傳播給人類，而且可以傳播給牛馬犬羊，甚至還可以傳染給禽鳥，如果眼前的這些喪屍傳播的病毒也擁有如此廣譜的傳染力，那麼狀況就不是他們能夠控制了。

不過到目前為止他們並未發現有其他種類的生物攜帶喪屍病毒，這種病毒更像是改良後，羅獵曾經在未來的時代中遭遇新型喪屍病毒，那種病毒經過明華陽的改良擁有特殊的單一性，只是在單一物種間傳播，那是因為明華陽真實的用意是想統治這個世界而非毀掉這個世界，如果喪屍病毒在所有物種間傳播，那麼就會變得不可收拾。

從這些喪屍的行動特徵，羅獵發現它們更像是明華陽改良後製造出的產物，不過這也是羅獵深深感到不解的地方，這種喪屍病毒本應出現在一百多年後，為何會提前出現？

羅獵對這種喪屍擁有免疫能力，他在中歐地下鹽礦中被喪屍所傷，如果不是林格妮營救，恐怕他早已消失在未來的時空之中。他的思緒剛剛走遠，馬上就提醒自己回到現實中來，羅獵道：「伯父，我們必須要將這些喪屍全部解決。」

海連天道：「如何解決？」

羅獵道：「最可行的辦法就是將倖存的人撤離，然後毀掉所有的船隻，讓這些感染喪屍病毒的人在東山島自生自滅。」

海連天臉色一凜：「我沒聽錯吧，你讓我放棄東山島？」

羅獵點了點頭。

海連天斷然拒絕道：「不可以，絕不可以！」

海明珠道：「爹，羅大哥說得沒錯，如果我們不能當機立斷，所有人都會死在這裡。」

「死又有什麼可怕？大不了老子和這些喪屍同歸於盡！」

海明珠咬了咬嘴唇，眼圈已經紅了，父親的固執她是非常瞭解的，她並沒有信心改變父親。

海連天一瘸一拐地向前走了幾步。

張長弓道：「爹，您要三思啊！」

海連天冷冷道：「用不著你來教我，今天的這場麻煩就是你們帶來的！」這還是海連天第一次公開指責他們，當初即便是手下人提出是羅獵一行帶來了這場麻煩，海連天都馬上出面維護，可現在連他的態度都改變了。

海明珠道：「爹，您怎麼可以這樣說？」

海連天道：「你們都走吧，趁著我沒有改變主意殺掉你們之前，走得遠遠的！」

海明珠含淚道：「爹！」

羅獵卻看出了端倪，海連天之所以改變了態度，並不是因為他當真怪罪他們，之所以這樣說是想以這種方式讓他們離去，海連天已經決定與東山島共存亡，與海龍幫共存亡，可是他並不想自己的女兒和女婿遭遇和他一樣的命運，所以才會如此表態。

海連天道：「明珠號是我送給你的嫁妝，帶著你的人乘著那艘船離開，除了明珠號以外，我不會再給你任何的東西。」

這下連張長弓也聽懂了他的意思，明白了他的苦心，張長弓一言不發撲通一聲在海連天面前跪了下去。海明珠也跪了下去，含淚道：「爹，您就跟我一起走吧。」

海連天道：「我只怕沒機會見到我的外孫了，等你們生下孩子，第一個孩子讓他姓海可好？」

張長弓用力點了點頭道：「好！」

海連天又道：「明珠可能還未告訴你，她已經有了三個月的身孕。」

張長弓乍聽到這個消息，心中驚喜萬分，可是想到眼前的局面，一時間不知是應該高興還是難過。

羅獵卻記得自己在未來的時候，麻雀曾經告訴他，張長弓和海明珠並沒有後代，難道歷史已經完全改變了？羅獵的內心非常平靜，就算是改變，至少這個世界沒有變得更壞。

事實證明，邵威的擔心並不是多餘的，外面喪屍圍堵，他們匆匆放進來的顏武祿一行，其中果真有人受傷，正在為他們檢查身體的時候，其中一人突然就發了瘋，抱住為他檢查的人就咬，在邵威等人意識到狀況發生的時候，已經有七人被感染。

邵威大吼道：「開槍，殺了他們！」

這些人都是他們平日朝夕相處的兄弟，其中還有不少根本就是親兄弟，顏武祿的親弟弟顏武壽就在其中，顏武祿雖然經歷了和喪屍的戰鬥，可現在是面對他的親弟弟，顏武祿慌忙道：「不要……不要……」他在海龍幫坐第四把交椅，他的話對手下擁有一定的作用。

邵威看到周圍人因為顏武祿的話而猶豫，轉眼間又有兩人被撲倒在地，邵威怒道：「不想死的話趕緊開槍！」他端起衝鋒槍瞄準了感染者果斷開槍，槍聲將周圍尚在猶豫的人驚醒，眾人同時瞄準射擊。

九名感染者瞬間被密集的火力網包圍，顏武祿發出一聲撕心裂肺的大吼：「弟弟……」他舉槍瞄準了邵威：「王八蛋，讓他們停火，讓他們給我停火……」

邵威不為所動，火力網中的九名感染者表現得極其頑強，縱然在槍林彈雨中，仍然頂著一顆顆子彈撲向周圍的人群。

一道黑影衝出火力網撲向顏武祿，將顏武祿撲倒在地，顏武祿定睛望去，撲倒自己的正是他的弟弟，顏武祿痛苦叫道：「弟弟……」他試圖喚醒神智錯亂的弟弟，可是顏武壽非但認不出他是自己的同胞哥哥，反而張開嘴巴，向顏武祿的脖子咬去。

千鈞一髮之時，邵威抽出砍刀，一刀將顏武壽的頭齊根切斷，斷裂的腔子裡黑血噴了顏武祿一身，顏武祿推開尚在蠕動的弟弟的屍體，他拚命擦去臉上的血污，莫大的惶恐和悲痛交織在一起，他甚至連話都說不出來了。

此時張長弓和羅獵也回到了這裡，看到眼前狀況，他們馬上加入了戰團，依靠人數上的優勢很快控制住了局面，將九名感染者砍瓜切菜般剁成數段。邵威長舒了一口氣，此時在另外一邊戰鬥的譚子明也走了過來，幾人會合之後，譚子明問道：「海幫主怎麼說？」

海明珠眼圈兒紅紅的，櫻唇動了一下，卻沒有說話，張長弓道：「幫主讓咱們先離開這裡，他負責斷後。」

邵威愕然道：「幫主為什麼要留下？局勢已經徹底失控了，我們如果堅持留下，造成的損傷肯定會更加慘重。」他並沒有將全軍覆沒的話說出來，事實上如果堅持留下，最終的結果就是全軍覆沒。

顏武祿用力搖了搖頭道：「我不走，老子要留下和這幫怪物死磕到底。」

羅獵道：「海幫主已經做出了決定，我們如果不能及時安全撤離，損失會不可估量。」

顏武祿怒吼道：「所有的麻煩都是你們帶來的，如果不是你們，我們海龍幫怎會遭此劫難？」

羅獵無言以對，如果陳昊東就是最初的感染者，那麼顯然這場麻煩就是他們帶來的，顏武祿的指責當然有道理，事情既然已經發生，羅獵並不想推卸責任，他只想盡可能將危害限制在最小的範圍內。

海明珠道：「四叔，我爹都沒有這樣說話。」

顏武祿道：「東山島是我們的家，家沒了只有我們才會心疼，指望你們這些外人嗎？」他搖了搖頭道：「要走你們走，我不走！」在他眼中海明珠也是外人。

譚子明歉然道：「所有的麻煩都是因我而起，要怪請怪我一個人，和其他人無關。」

顏武祿冷冷道：「不敢！」他轉身向燈塔走去。

邵威比起顏武祿顯然要理智許多，他和羅獵、張長弓都有過共同戰鬥的經歷，即便這場劫難是由他們帶來，可事情既然已經發生，邵威想到的不是怨天尤人，他抿了抿嘴唇道：「你們先走吧。」

羅獵道：「邵大哥，形勢緊迫，不容猶豫。」

邵威也是理智之人，明白羅獵的這番話是什麼意思，根據喪屍病毒擴展的速度來看，如果再晚走恐怕就來不及了。邵威道：「你們先走，保護好小姐，我還要去勸勸幫主，希望他能夠改變主意。」其實他心中明白，連海明珠都無法勸說海連天離開，自己更沒有可能，不過邵威身為海龍幫的一員，不能捨棄自己的幫主，海連天對他恩同再造，在他心中更如父親和師父一樣。

羅獵看了看周圍，並沒有看到麻雀的身影，慌忙問起麻雀的下落，可眾人都沒有留意到麻雀去了什麼地方，畢竟眾人的主要精力都在關注著戰鬥，生死關頭自顧不暇，哪還顧得上去留意別人。

羅獵向張長弓道：「你們先走，我找到麻雀之後馬上過去和你們會合。」

張長弓道：「我跟你一起去。」

羅獵搖了搖頭道：「不用，你們先去明珠號，我會儘快過去跟你們會合。」

張長弓知道羅獵的能力，他點了點頭道：「好吧，你儘快過來。」

羅獵道：「你們不用管我，按照原定計劃進行。」他來到譚子明的身邊向譚子明笑了笑道：「保重！」

譚子明道：「你也要保重。」

邵威來到燈塔，卻聽說海連天已經去往了住處，他帶人來到海連天居處的門前，大門並沒有關，邵威推門進入院落中，大聲道：「幫主！」

海連天舉步從房內走出，只見他身穿一身青色甲冑，這身甲冑是他年輕時所穿，海龍幫少有人見過，海連天雖然年紀大了，可是身材依舊魁梧，這一身裝備整齊，當真是威風凛凛。

幾人看到海連天如此裝扮，明白他已經做好了決一死戰的準備，海連天一雙花白的濃眉擰在了一起，怒道：「你們來這裡做什麼？」

邵威恭敬道：「幫主，我們特地前來接您撤退。」

海連天道：「你們不必管我，我心意已決，今日要和東山島共存亡。」

邵威苦苦勸道：「幫主，留得青山在不怕沒柴燒，我們離開這裡，他日必有捲土重來東山再起的機會。」

海連天伸手拍了拍邵威的肩膀道：「人這一生，當有所為有所不為，我海連天這一生做過好事也做過壞事，可唯一沒做過的就是臨陣退縮，有人說我是好人，有人說我是壞人，可沒有一個人說我海連天是個孬種。」

邵威還想勸他，可是海連天將大手一伸道：「誰都不要再勸我，再敢勸我離去的，老子這就一刀砍了他！」

海連天既然將話說到了這種地步，誰也不敢輕言相勸。邵威道：「幫主既然已經做出了決定，我只能遵從，不過您要是留下我也留下，誓死追隨幫主左右。」邵威說完，他身邊的幾名部下也齊聲道：「誓死追隨幫主左右。」

海連天心中一陣激蕩，這些都是他出生入死的弟兄，他環視眾人道：「弟兄們，你們的心意我領了，可是我老了，你們還年輕，留得青山在不怕沒柴燒，你們才是海龍幫的青山，才是未來的薪火，都給我聽著，馬上離開，用戰艦擊毀所有無用的船隻，決不允許有一個喪屍離開。」海連天說完這番話，解下腰間的短劍遞給了邵威道：「邵威，從現在起，你就是海龍幫的新任幫主。」

邵威道：「幫主……」

海連天道：「弟兄們，聽我的命令，保護幫主即刻撤離！」

邵威大吼道：「我不走！」

海連天道：「帶他走！」

此時屋頂之上傳來一個陰冷的聲音道：「走去哪裡？」

第六章

怪人的真面目

羅獵看不到這怪人的真面目，從他的聲音中也聽不出是誰，
他在腦海中搜索著自己可能認識的人。
他忽然想到，從此人的語氣聽出他應當對海龍幫充滿仇恨，
這世上如果還有一個最恨海龍幫的人，那麼這個人就是老安。

眾人舉目望去，卻見屋頂之上站著一個人，正是陳昊東，陳昊東臉色慘白如同孤魂野鬼般立在那裡，此人在邵威的眼中一直都是一個不爭氣的敗家子，在前來東山島的途中，也看到陳昊東的懦弱表現，而現在的陳昊東卻彷彿換了一個人一樣，陳昊東再不像過去那般怯懦且畏懼，整個人充滿了殺氣。

海連天舉槍瞄準了陳昊東，呯地射出一顆子彈，陳昊東身軀一晃，竟然在極短的時間內以不可思議的速度躲過了這顆子彈。

海連天不由得倒吸了一口冷氣，此人究竟是人是鬼？正常人類又怎麼可能擁有這樣的速度？

陳昊東佈滿血絲的雙目望著海連天，喉頭發出一陣陣野獸般的嘶吼，突然他騰空而起，從屋頂飛撲而下。

邵威大喊道：「保護幫主！」眾人一起舉槍射擊，密集的子彈如同雨點一樣向陳昊東傾瀉而去，陳昊東的身影在空中幻化成黑色煙霧，就在瞬息之間，他已經來到了海連天的面前，海連天一拳向陳昊東的面門打去，未曾擊中目標就被對方抓住了手腕，陳昊東稍一用力，只聽到喀嚓一聲，竟然硬生生將海連天的手腕折斷。

海連天忍痛將陳昊東抱住，大吼道：「向我開槍！」

他的這些手下又怎能忍心向自己的幫主開槍。

陳昊東忽然張開嘴巴，一口咬住了海連天的面門，海連天舉槍對準了他的腹部接連開槍，子彈射中陳昊東的身體，他竟然毫無反應。

邵威看到眼前情景，已經知道海連天在劫難逃，眼含熱淚大吼道：「用手雷！」他率先將一顆手雷扔了出去。陳昊東爆發出一陣怪笑，他抓住跟他死命糾纏在一起的海連天騰空而起，在手雷爆炸之前已經落在屋頂之上，海連天魁梧的身軀在他的掌控中似乎毫無分量。

眾人只能眼睜睜看著海連天被陳昊東帶走，他們大喊著還我幫主，轉身出門去追，卻看到外面又有十多名喪屍朝著這邊圍攏而來，邵威仍然保持著理智，如果盲目去追趕海連天，就會帶著所有兄弟一起陷入險境，更何況海連天已經被陳昊東所傷，應該已經受到了喪屍病毒的感染，就算僥倖存活，也很快就會喪失理智，成為一具失去本我意識的行屍走肉，邵威道：「去港口，想辦法離開這裡。」

昨日還是他們安樂窩的東山島，一夜之間已經成為人間煉獄。

羅獵在內寨轉了一圈，卻沒有發現麻雀的影蹤，他的心情越發緊張起來，雖然他曾經通過時空之門進入了未來，也親眼見證了麻雀的長壽，可是在他回來之後，一切都已經發生了改變，他的這趟時空之旅已經改變了原有的歷史軌跡，讓每個人的命運都有了不同方向的發展。

他不可以對麻雀的安危坐視不理，前方兩名喪屍正夾攻著一人，羅獵遠遠認出那人是徐克定，他迅速衝了上去，一刀將其中一名喪屍劈成兩段，徐克定得到他的援助，壓力頓時減輕，看準機會手中長劍狠狠將喪屍的腦袋砍了下去。

望著仍然在地上蠕動的喪屍，徐克定仍不解恨，揮劍狠狠剁了幾下，羅獵道：「二當家有沒有受傷？」

徐克定喘了口氣方才道：「你放心，我沒被這些怪物傷到，如果你再晚來一刻，恐怕我就撐不住了。」

羅獵道：「二當家可曾見到麻小姐？」

徐克定道：「見到了，她剛才還在這附近戰鬥，可是一個渾身纏著繃帶的怪物突然衝出來將她抓了。」

羅獵心中一驚，那渾身纏著繃帶的怪物他也曾經見過，徐克定這樣說應該不會有錯，他慌忙問明方向，即刻往麻雀被擄走的方向趕去，徐克定本想跟他同去，羅獵讓他不必隨同自己深入內寨核心，告訴徐克定其他人已經趕往明珠號，讓他儘快過去和同伴會合。

羅獵沿著徐克定所指的方向繼續追尋，來到媽祖廟前的時候，聽到裡面傳來呼救之聲。

羅獵從聲音分辨出應該是麻雀，他心中又驚又喜，喜的是終於找到了麻雀，驚的是從她惶恐的聲音來看，她應當被敵人所控制。

羅獵推開媽祖廟的大門，緩緩走了進去，卻見院落中空無一人，聲音乃是從大殿內發出，羅獵繼續向前，卻聽大殿內傳出一聲刺耳的怪聲：「羅獵，我在這裡等你！」

羅獵內心劇震，此人竟然叫出了自己的名字，如果是喪屍，那麼就應該喪失了主動意識，根本不可能記得自己的名字，莫非此人不是喪屍，他才是一切的罪魁禍首？

羅獵道：「縮頭畏尾的鼠輩，既然敢做壞事，為何不敢現身相見？」

「激將法對我毫無用處，你能夠找來，想必這女子對你極其重要。你若是不想她現在就死，最好乖乖進來。」

麻雀尖聲道：「羅獵，你不要管我，你走，走得越遠越好！」在她心中，羅獵的平安早已比自己的性命更加重要，可她又知道羅獵不會離開，他絕不會對自己的生死置之不顧。

羅獵終於還是出現在了麻雀的面前，大殿內光線黯淡，麻雀站在那裡，身後那宛如木乃伊般的怪人陰冷的眸子望著羅獵。

羅獵向麻雀笑了笑，看到他溫暖的笑容，麻雀的內心安定了一些，心中默念到，羅獵能夠為自己冒險而來，就憑著這一點自己已經死而無憾。

怪人道：「你的膽子果然很大。」

羅獵道：「跟一個只會欺負女人的懦夫相比，任何人的膽子都很大。」

怪人桀桀笑道：「別用激將法，對我毫無用處。」

羅獵道：「你放了她，有什麼仇怨只管衝著我來。」

怪人道：「容我想想。」

羅獵道：「她和你無怨無仇，你又何必為難一個女人。」

怪人道：「我最看不慣的就是你們這群以好人自居的傢伙，今天我要毀掉海龍幫，毀掉東山島，會讓你們所有人都不得善終！」

羅獵看不到這怪人的本來面目，從聲音中也聽不出是誰，他在腦海中搜索著自己可能認識的人。他忽然想起一個可能，從此人的語氣聽出他應當對海龍幫充滿了仇恨，這世上如果還有一個最恨海龍幫的人，那麼這個人應當就是老安。

羅獵道：「你是老安！」

怪人聽他這麼說不由得一怔，他嘖嘖讚道：「厲害！我變成這個樣子，你居然都能認出來，這世上可能只有你才有這個本事。」

羅獵道：「你知不知道你的親生女兒就在島上？難道為了報仇，你連自己女兒的安危都不顧？」海明珠其實是老安的親生女兒，當年也正是因為這個緣故，老安才放棄了向海連天復仇，甚至為了保護女兒做出了種種違心的事情。

老安道：「我沒有女兒，這個世上從沒有任何人在乎過我，我又何必在乎他人的死活。」說完這句話，他將麻雀突然推向羅獵。

羅獵反應神速，第一時間衝上去將麻雀抱住，避免她摔傷，老安推開麻雀卻是要轉移羅獵的注意力，這會兒功夫他已經從大殿逃離。羅獵的主要目的是要救出麻雀，現在找到麻雀，只要她平安無事，其他的事情都不重要，羅獵道：「你有沒有事？」

麻雀搖了搖頭，此時大殿的房門，窗戶被推開，一具具喪屍從外面衝了進來，羅獵叮囑麻雀道：「你跟好我，千萬不要被這些喪屍所傷。」他將自己的手槍遞給了麻雀，率先舉刀衝了出去。

張長弓等人費盡辛苦終於來到了明珠號之上，登船之前，他們點燃了碼頭上停靠的艦船，很快就有艦船接二連三地燃燒了起來，燃燒的艦船繼而又產生了爆炸。

譚子明讓所有人檢查身體，確信他們之中沒有喪屍病毒的感染者登船，他們將艦船駛入碼頭深處，一來是避免被港口燃燒的船隻波及，二來是避免喪屍爬上明珠號。

負責觀望的海明珠驚喜道：「邵威他們過來了。」

張長弓順著她所指的方向望去，果然看到邵威帶著十多人向這邊逃來，張長弓發現人群中並無羅獵，喜悅的內心頓時又感到失落，看來羅獵尋找麻雀的過程並不順利。

邵威等人利用小舢板向明珠號靠近，邵威高聲道：「我們中沒有感染者，放下舷梯，讓我們上去。」

張長弓點了點頭，讓人放下繩梯，邵威剛剛來到甲板上，海明珠就迎了上去：「我爹呢？有沒有見到我爹？」

邵威和同伴都垂下頭去，海明珠一看他們的反應就知道父親凶多吉少，顫聲道：「你快說啊！」

邵威懷著沉重的心情將剛才發生的事情說了一遍，海明珠聽說父親被陳昊東抓走，眼前一黑，頓時暈了過去，張長弓及時將她抱住，掐了掐她的人中，海明珠清醒過來不由得低聲啜泣起來，抽噎道：「我可憐的爹爹……啊……」

其實從海連天堅持留在島上，決定和東山島共存亡就已經猜到結局，可聽到噩耗，海明珠仍然承受不住。

邵威將腰間的短劍取下遞給了海明珠：「這是幫主的遺物。」

海明珠並沒有去接，她含淚道：「我爹既然將這把劍給了你，就是要將海龍幫交給你，從今天起，你就是海龍幫的幫主。」

邵威道：「海龍幫乃是幫主一手創建，我何德何能擔當幫主之責。」他轉向張長弓道：「不如你先代小姐收下。」

張長弓道：「放眼整個海龍幫，能夠擔當這份重擔的只有你。」他又將短劍推了回去。

邵威見到他們堅決不肯收下短劍，也只能留下。

譚子明道：「現在誰當幫主並不重要，最重要的是我們要同心合力離開這裡，而且要確保這些行屍走肉留在這裡，一旦放任它們離開，後果不堪設想。」

他的話將眾人拉回到現實中來。

邵威對東山島非常熟悉，他點了點頭道：「我們必須將所有的船隻毀掉，避免這些喪屍通過船隻離開。」

張長弓道：「羅獵還在島上，他去找麻雀了。」

邵威道：「我們儘量多等一陣子，希望他們能夠平安歸來。」

羅獵護著麻雀從二十多名喪屍的圍堵中殺出了一條血路，他們距離港口還有一段距離，放眼望去，通往港口的道路上有一支數百人的喪屍隊伍正朝著這邊趕來，隨著喪屍病毒的迅速擴展，喪屍的隊伍也是不斷壯大，羅獵道：「我們要從小路繞過去，爭取儘快到達港口。」

他沒有聽到麻雀的回應，轉身望去，卻見麻雀身軀顫抖著，俏臉上露出惶恐的神情。

羅獵道：「你怎麼了？」

麻雀擼起左袖，露出一段欺霜賽雪的手臂，卻見她的左臂上有一道深紫色的抓痕，顯然是剛才在混戰中被喪屍抓傷，麻雀顫聲道：「我……只怕不成了……你快走……快走……」

羅獵並沒有留意到麻雀是在何時受傷，看到她如此情景心中無比擔心，低聲道：「是喪屍抓傷的？」

麻雀點了點頭，臉上浮現出一抹悲涼的笑意：「你快走吧，我不想你看到我變成喪屍的樣子。」

羅獵搖了搖頭。

麻雀對此早已有了準備，她調轉槍口瞄準了自己的太陽穴，含淚笑道：「你不要逼我，你要是不走，我現在就死在你面前。」

羅獵的臉色突然變了，驚呼道：「小心身後！」

麻雀不知是詐，轉身望去，羅獵卻趁著她走神的剎那衝了過來，一把將她的手槍奪過，麻雀豈肯就此放棄，搶奪之中，手槍走火，子彈擊中了羅獵的肩頭，麻雀意識到這一槍擊中了羅獵，頓時慌了神，這才放開手槍，羅獵將槍奪了過去。

麻雀看到羅獵肩頭染血，顫聲道：「你……你受傷了，我……我不是故意的。」

羅獵道：「只是擦破了一點皮，沒事！」

槍聲吸引了一群喪屍的注意，羅獵留意到山下的那群喪屍正朝著山坡蜂擁而上。想要繼續下山前往港口已經沒有可能。

麻雀道：「你快走，我擋住他們。」

羅獵點了點頭，轉身向東山島的頂端逃去，麻雀雖然希望羅獵離開，可是看到他如此果斷地離開心中還是感到有些失落，突然羅獵伸出手去，擊打在她的頸後，麻雀感到眼前一黑，被打得暈了過去。

羅獵之所以將麻雀打暈是為了防止她反抗，麻雀已經被喪屍病毒感染，很快就會發作，他必須抓緊時間帶著麻雀來到一個暫時安全的地方躲避起來。

距離他們最近的地方就是一號炮台，炮台此前已經被喪屍利用火炮摧毀，儘管如此，主體結構並未損壞，羅獵帶著麻雀從洞口進入其中，再用石頭將洞口封住。

羅獵剛剛藏身完畢，就聽到外面傳來密集的腳步聲，一顆心不由得提到了嗓子眼，如果被喪屍發現他們就在這裡，顯然要被甕中捉鱉了，就在此時，一顆炮彈從港口的方向射來，正落在一號炮台附近，炮彈在喪屍群中爆炸，那群喪屍被炸得血肉橫飛。

整個地面都因爆炸而劇烈震動起來，羅獵的身體撞擊在堅硬的石壁上，炮台外面的岩石再度發生了坍塌，裡面狹窄空間的光線頓時黯淡了下去，彷彿瞬間就來到了黑夜。

麻雀被這次劇烈的爆炸震醒，她揉了揉昏昏沉沉的頭，感覺胸腹中彷彿燃燒著一團火焰，喉頭口唇都要乾裂開來，她聞到一股香甜誘人的味道，這味道來自於羅獵肩頭正在流出的血液。

麻雀的意識仍然清醒，她知道自己體內的喪屍病毒正在發生作用，小聲道：「你為什麼不殺了我？」

羅獵抽出飛刀，麻雀點了點頭，她閉上雙眸，仰起頭，露出雪白的粉頸，能夠死在心愛人的手中，她死而無憾。

羅獵的這一刀卻並未刺向麻雀，而是割開了自己手腕的肌膚，鮮血從他的手腕處汩汩流出，麻雀瞬間睜開雙目，她對鮮血擁有著前所未有的敏感和渴望，羅獵將流血的手腕湊了過去，麻雀用力搖了搖頭：「不……」

羅獵道：「我的血液中有喪屍病毒的抗體，也許這能夠解決問題。」

麻雀在竭力抵抗著來自心底最深層的誘惑，可是她終於還是無法和這誘人的血腥抗衡，突然抓住了羅獵的手腕，用力吸吮著他的鮮血。

羅獵感覺體內的鮮血加速奔逸而出，雖然他有了一定的心理準備，可仍然沒有料到麻雀的櫻桃小口竟然擁有如此強大的吸吮能力，如果這樣下去，用不了太久時間，自己體內的血液就會被麻雀吸乾。

羅獵意識到自己應該儘快終止這樣的狀況，可他又不忍心，如果現在將麻雀推開，可能就喪失了這營救她的唯一機會。

麻雀突然尖叫道：「不！不可以！」她放開了羅獵的手，猛然向一旁的岩石撞去，她並未完全喪失理智，殘存的意識告訴她，自己就算是死，也不可以讓羅獵用生命的代價來拯救自己。

羅獵流血的大手及時抓住了麻雀的肩頭，麻雀的額角還是在岩石上擦破了皮，她的身體摔倒在堅硬的地面上，她雙手抱著自己的肩頭，蜷曲在地面上，痛苦地掙扎著。

她感到寒冷，每條骨頭的縫隙，每個毛孔都有冷氣在不斷滲出：「我好冷……我好冷……」

羅獵不知為何會發生這樣的狀況，根據他的觀察，普通人被喪屍咬傷或抓傷之後，基本上在十分鐘內就會發病。從麻雀被抓傷到現在已經過去了半個小時，遠遠超過了正常的發病時間，而且她始終還保持著意識清醒，或許和剛才吸入了自己的血液有關。

羅獵曾經有過被喪屍抓傷的經歷，不過那次林格妮是通過肌膚之親的方式營救了自己，雖然羅獵很想營救麻雀，可是在道德層面上過不了這一關。

此時外面下起雨來，雨水從岩石的縫隙中滲入這昏暗狹窄的空間，麻雀周身顫抖著，羅獵不忍心看到她如此痛苦，展臂將她抱入懷中，麻雀的意識有些模糊了，俏臉緊貼在羅獵堅實的胸膛上，囈語道：「你知道的……我一直都喜歡你……」

羅獵點了點頭，輕輕撫摸著她濕漉漉的秀髮，輕聲道：「我知道，我當然知道的。」

麻雀道：「我知道你心中只有青虹，從未有過我的位置……可是，我從未想過要你怎樣，只要你對我好一點，只要我能夠遠遠地看看你……就好……」

羅獵的眼睛濕潤了。

麻雀道：「……我可能要死了……你陪著我……不要走開好不好？」

羅獵點了點頭：「我不走！」他看到一條黑線沿著麻雀頸部的血管以肉眼可見的速度蔓延著，羅獵意識到自己的血液對麻雀並沒有起到太大的作用。

麻雀道：「我好熱……」她開始撕扯自己的衣物。

羅獵抓住麻雀的雙手：「你冷靜一些。」

麻雀望著他，呼吸變得越來越急促，羅獵能夠感受到她灼熱的氣息有如春風般拂過自己的面龐，黑色的脈絡沿著麻雀的脈絡在蔓延著，自己如果對她不聞不問，只能眼睜睜看著她死去，羅獵從未想到過自己的人生會面臨這樣的抉擇，上次在哈爾施塔特的鹽礦之中，自己是在意識迷亂的前提下和林格妮有了肌膚之親，而正是林格妮不求回報的主動獻身方才將自己從危險的邊緣拉了回來。

而這次卻是在自己意識完全清醒的狀態下，他剛剛嘗試過，試圖通過自己的血液讓麻雀恢復理智，可現在看來根本沒有起到效用，麻雀雖然沒有變成一具行屍走肉，從目前的狀況來看也好不到哪裡去。

嗤！麻雀竟然扯爛了衣物，身軀袒露在羅獵眼前，她撲入羅獵的懷中，緊緊抱住他親吻他的面頰和脖子，喉頭發出陣陣撩人的囈語聲，羅獵咬了咬嘴唇，如果他們換個位置，麻雀一定不會有任何的猶豫。非常之時只能行非常之事！

空中一個霹靂接著一個霹靂，一場瓢潑大雨從天而降，將整個東山島都籠罩在其中，被點燃的戰艦遇到這場大雨，其中許多被滅了火。邵威舉起望遠鏡眺望著碼頭，他向一旁的譚子聰大聲道：「已經兩個多小時了，我們還要等下去嗎？」

譚子聰道：「羅獵應該可以趕回來的。」

邵威道：「我們已經沒辦法將所有的艦船燒毀了。」他指了指碼頭的方向，數以百計的喪屍正在登船。他們最開始的計畫是將所有的艦船毀掉，將這些喪屍永遠留在東山島上，讓他們自生自滅。

可這場突如其來的大雨讓他們火燒碼頭的計畫基本落空，他們無法阻擋喪屍登上艦船，也無法阻止喪屍離開東山島。

邵威迅速做出了決定：「我們必須要走了，如果不走只怕要被他們包圍。」

譚子聰不無顧慮道：「可是如果我們不阻止這些怪物，喪屍病毒很快就會擴展開來。」

邵威道：「引開他們，然後在海上逐一殲滅，目前我們只能這麼做。」

張長弓就在不遠處，他充滿焦慮地望著碼頭的方向，目前嚴峻的狀況他看在眼裡，知道邵威所說的全都是實情，假如他們再不離開港口範圍，肯定會被包圍，到時候他們就要面臨群起而攻之的局面。

海明珠知道他和羅獵的友情，一旁小聲道：「老公……」

張長弓道：「走吧！總不能坐以待斃，我相信羅獵有本事逃出來！」羅獵經歷的大風大浪比任何人都要多，張長弓堅信他在任何嚴苛的條件下都能夠逃出生天。

麻雀從睡夢中醒來，她發現自己赤身裸體地躺在羅獵的懷中，發出一聲羞澀難耐的尖叫，又及時掩住了自己的嘴唇，從羅獵的懷中爬起，一陣撕裂般的疼痛讓她意識到此前發生了什麼。

她撿起一旁的衣服迅速穿上，腦海中閃爍著一些讓她臉紅心跳的畫面：「你……你對我做了什麼？」麻雀說完卻沒有聽到回應。這才意識到羅獵根本沒有聽到自己的話，對羅獵的關心讓她忘記了羞澀。

麻雀來到羅獵的身邊，發現羅獵的身上染滿了血跡，左腕的刀痕已經結痂，麻雀回憶起羅獵割破手腕用他的鮮血餵給自己的情景，再看羅獵的脖子上，有一圈清晰的牙印，在他的頸部血管上還有兩個血洞，麻雀下意識地摸了摸自己的牙齒，她的牙齒似乎和過去有了些不同，摸到了兩顆牙齒的尖端，雖然不明顯，可過去她是沒有虎牙的。

麻雀判斷出羅獵脖子上的血洞就是自己所為，他對自己做出那樣的事情一定是為了營救自己，而自己卻在他營救自己的過程中，咬住他的脖子，趁機吸入了他不少的血液。

麻雀感到惶恐起來，她探了探羅獵的鼻息，又趴在他的胸前聽了聽他的心跳，羅獵仍然活著，可能是失血過多，可能是他太累了，所以睡得很沉。麻雀望著羅獵蒼白的面孔，心中一時間百感交集。

握住羅獵的大手，目光不由自主落在他染滿鮮血的脖子上，內心中卻沒來由產生了一種衝動，麻雀扭過頭去，她不知道自己現在變成了什麼樣子？可是她意識到自己對鮮血仍然有種渴望。

麻雀小聲道：「傻子，你不該救我的，是我害了你……」她感到鼻子一酸，有種要落淚的感覺，這種感覺讓她意識到自己沒有變成一具麻木不仁的行屍走肉，羅獵救了自己。

麻雀柔聲道：「你醒過來，只要你沒事，什麼都好。」她的眼神溫柔如水。

外面傳來一陣石頭翻動的聲音，麻雀心中頓時緊張了起來，現在的東山島上剩下的可能全都是喪屍，麻雀慌忙搖晃著羅獵，希望能夠將他晃醒，可是羅獵仍然毫無反應。

光線從外面透射進來，卻是幾名喪屍聯手扒開了堵在外面的石塊。麻雀用身體護住羅獵，他們所藏身的空間實在是太小，容納兩人之後，空間所剩無幾，麻雀忽然感到頭髮一緊，卻是外面伸出一隻手將她的頭髮抓住。

麻雀心中駭然，他們已經被喪屍堵在了這裡，難道今天註定要喪命於此，羅獵仍然對周圍的危險一無所知，望著沉睡不醒的羅獵，麻雀心中突然湧現出無盡的勇氣，她反手抓住喪屍的手臂，猛然一擰，只聽到喀嚓一聲，已經將喪屍的手臂擰斷。

麻雀轉身照著喪屍的腦袋就是一巴掌，這巴掌用盡了全力，啪的一聲竟然將喪屍的腦袋拍了個稀巴爛，麻雀一時間愣在那裡，她搞不清究竟是自己的力量太大，還是這喪屍的腦袋太脆弱。

又有一個喪屍將腦袋鑽了進來，麻雀一把抓住他的腦袋用力一拉，毫不費力地將他的腦袋齊根扭了下來。失去腦袋的喪屍退出了洞口。麻雀趁機從洞口鑽了出去，一名喪屍從一旁撲了上來，麻雀抬腳踹在他的胸口，那喪屍被她一腳蹬飛，如同斷了線的風箏一般足足飛出了十多米。

麻雀環視周圍，在一號炮台的四周還有七名喪屍，她心中想著的是必須要保護仍然在裡面沉睡不醒的羅獵，麻雀手中沒有武器，她抓起地上的石塊向其中一名喪屍砸了過去，石塊倏然飛了出去，撞擊在那喪屍的面門之上，洞穿他的頭顱。

麻雀此時方才意識到自己的力量突然增加了數倍，其餘六名喪屍一擁而上，試圖利用人數的優勢將麻雀擊敗，可是現在的麻雀猶如戰神附體，拳打腳踢，舉手抬足之間已經將六名喪屍盡數擊潰在地，她不但攻擊力增強不少，而且反應速度驚人，這些喪屍根本沒有靠近她的機會。

羅獵被外面的打鬥聲驚醒，他感到周身痠麻無力，可仍然掙扎著衝了出去，一來到外面正看到麻雀大殺四方的場面，羅獵幾乎不能相信自己的眼睛。

麻雀幹掉周圍的喪屍之後，聽到身後動靜，迅速回過身去，看到羅獵，第一反應就是向後退了幾步：「你不要靠近我，我被感染了！」

羅獵望著麻雀，發現她比此前更加精神，哪有半點被感染喪屍病毒的徵象。

麻雀因羅獵的目光而感到有些不安，畢竟她的這件衣服多處破損，無法完全遮住她的肌膚，小聲嗔道：「你看什麼看？」心中忽然想起他們之間發生過的事情，自己什麼他都已經見過了，俏臉頓時紅到了脖子根。

羅獵來到麻雀身邊將自己的外套給她披上，又從一具喪屍的身上脫下外衣自己穿了。輕聲道：「你應該已經沒事了。」

麻雀也覺得自己的狀態很好，脫口道：「你救了我……」話剛一說出口就有些後悔，畢竟羅獵救自己的方式如此特殊，讓人難以啟齒。

羅獵自然也有些尷尬，他從喪屍的身上搜出一些武器，扔給麻雀兩把手槍。岔開話題道：「咱們要儘快離開這個地方。」

麻雀嗯了一聲道：「喪屍大都往港口那邊去了，他們好像準備離開東山島。」

羅獵道：「一定要阻止他們，這些喪屍一旦離開了東山島將病毒擴散出去，後果不堪設想。」

麻雀點了點頭。

羅獵利用望遠鏡觀察著周圍的情況，在不遠處仍然有百餘名喪屍在遊蕩，不過和他們現在所處的地方還有一段距離，目前也沒有發現他們，所以並未集結過來對他們發動攻擊。

多半喪屍都集中在港口附近，那些喪屍正在登船。羅獵觀察了一會兒，發現在東山島的西南角還有幾艘船，那裡似乎還沒有喪屍光顧，他將自己的這一發現告訴了麻雀，兩人決定先前往那裡，單憑著他們兩個是無法阻止這麼多喪屍離開東山島的，目前只能先考慮離開這裡，只有和其他同伴會合才能集結戰鬥力在海上將喪屍控制的艦船擊沉。

「開炮！」伴隨著邵威的一聲怒吼，明珠號上火炮齊發，炮彈準確無誤地擊中了在他們後方緊追不捨的那條艦船，載滿喪屍的這條艦船被擊出了多個大洞，海水從破洞中迅速灌入，船身開始急劇傾斜，那些喪屍一個個從傾斜的甲板上掉落下去。

明珠號上的眾人齊聲歡呼，他們的戰術起到了效果，將喪屍引到了港口外寬闊的海面上，對他們進行分化瓦解逐一擊破，喪屍畢竟是喪屍，雖然能夠操縱艦船，可是在戰術上無法和正常的人類相比，更何況明珠號上的眾人都是訓練有素的海戰好手。

負責觀察的譚子明高聲道：「又有兩艘船過來了！」

剛才的勝利已經鼓舞了士氣，提振了所有人的信心，張長弓道：「來得正好，把他們的船隻全部擊沉，讓這些怪物去餵魚。」

聽到餵魚這兩個字，海明珠沒來由打了個冷顫，她咬了咬嘴唇，心中充滿了擔憂，如果海中的魚蝦吃了這些喪屍的屍體，會不會感染病毒？

邵威重新進入了駕駛艙，親自指揮艦船行進，和那兩艘敵艦展開戰鬥。

羅獵和麻雀兩人從島的另一面朝海岸靠近，西南角是島嶼最為陡峭的地方。麻雀身手俐落，步伐矯健，羅獵從她的舉動就看出麻雀的身上發生了脫胎換骨般的變化。

每次的時空之旅過後，羅獵都會用相當長的時間來恢復狀態，在目前他仍然沒有恢復。不過這並不代表著他的體內缺乏能量，通過無數次歷練蘊含的龐大能量始終都存在，只是尚未甦醒。

麻雀停下腳步，發現羅獵已經被自己拉開了一段距離，於是停下腳步等著他，兩人之間的關係和過去已經有了本質上的變化，所以麻雀神情顯得忸怩，甚至不敢正眼看羅獵一下。

羅獵意識到兩人間的這種尷尬氣氛，他咳嗽了一聲道：「我們的事情……」

麻雀打斷他的話道：「你放心，我什麼都不會說，只當一切沒有發生過。」

羅獵其實要說的並不是這個意思，他從來都不是一個逃避問題的人，他是想告訴麻雀準備向葉青虹說明這些事，葉青虹此前倒也調侃過，讓他收麻雀當姨太太，可玩笑歸玩笑，真正變成現實的時候，葉青虹的性情是否能夠接受還是個未知數。

羅獵道：「沒發生過？」

麻雀點了點頭道：「我知道你只是為了救我，沒有其他的意思。」說完這番話她長舒了一口氣，感覺壓在胸口的一塊石頭終於落下了，她沒想過要羅獵對自己負責，更沒有想過因為他們之間發生的事情給羅獵帶去麻煩。

羅獵望著麻雀心中一陣溫暖，這些年麻雀變得成熟了許多，越來越懂得為他人考慮。

麻雀忽然抽出腰間的短刀擲了出去，短刀在空中風車一般旋轉，準確無誤地刺入一個藏身在岩石後喪屍的額頭，麻雀擲出短刀之後，又一個箭步衝了出去，驚人的彈跳力讓她瞬間來到那喪屍的面前，一把抽出短刀，然後抬腳將喪屍踢下了山坡。

羅獵目睹麻雀如此驚人的戰鬥力，心中暗自感歎，現在就算是自己只怕也不是她的對手，看來麻雀吸收了自己不少的能量。

麻雀望著那被她踢飛滾落下山的喪屍，心中感到一陣說不出的快慰，她的血液在沸騰，過去她從未有過這樣的感覺，她明顯變得嗜殺，麻雀意識到自己改變了，一定是羅獵讓自己發生了這樣的變化，她的體內流淌著羅獵的血。

羅獵道：「你有沒有感覺不舒服？」

麻雀搖了搖頭道：「很舒服！」說完臉紅了起來，她意識到自己可能會錯了意。小聲道：「我渾身充滿了力量，可能是吸了你太多血的緣故。」她反問道：「你有沒有不舒服？」

羅獵實話實說道：「有些虛弱，不過還撐得住！」

麻雀道：「放心吧，有我保護你。」

羅獵啞然失笑，現在的自己的確需要她來保護。

麻雀指了指東山島的頂部，十多道影影幢幢的黑影已經出現在那裡，看來他們的行藏再次被喪屍發現，兩人加快了腳步，羅獵竭力跟上麻雀的步伐，這一路累得氣喘吁吁。

麻雀看到羅獵的樣子就知道單憑著現在的速度無法擺脫那十多名喪屍的追擊，她讓羅獵先行，獨自一人留下斷後，在目睹麻雀的神勇表現之後，羅獵已經不再擔心她的安危，現在的麻雀不但是武力值暴增，而且她也不再懼怕喪屍病毒感染，對這種病毒已經擁有了免疫力。

羅獵來到下方沙灘的時候，麻雀已經乾脆利索地幹掉了十多名喪屍，又迅速追趕上他的腳步，而且臉不紅氣不喘，羅獵唯有嘆服的份兒。

那幾艘船就在前方，羅獵從沙灘上的腳印推斷出附近有人在，他提醒麻雀要小心的時候，其中一艘船上出現了幾名海盜，他們用槍口瞄準了兩人，麻雀第一反應就是用身體將羅獵擋在身後。

船上傳來一個熟悉的聲音道：「是自己人！」原來船上是徐克定，他和幾名手下原本想去明珠號和其他人會合，可是途中又遭遇了喪屍，經過連場苦戰方才擺脫喪屍的追擊，他們也意識到無法順利抵達港口，於是才改變方向來這邊登船，停在這裡的幾艘船都是等待修理的，可在眼前的狀況下，他們也沒有了其他的選擇。

從甲板上垂落下一條繩索，羅獵和麻雀攀援而上，來到船上，徐克定走過來打量了一下他們，麻雀心中有些忐忑，自己畢竟感染過喪屍病毒，不知是不是有什麼異樣？

徐克定道：「沒事就好，起錨！」

羅獵他們來得正是時候，剛才徐克定幾人都在忙著修船，帆船緩緩駛出海灣，羅獵長舒了一口氣，靠在憑欄之上，望著東山島內心中一陣百感交集，他們只是暫時離開了險境，東山島上仍然有不少可以正常行駛的艦船，那些喪屍會操縱船隻繼續對他們進行追擊。

他們的神經並沒有來得及放鬆太久，就看到遠方有一艘敵艦追逐了過來。

徐克定拿起望遠鏡向那艘艦船望去，只見那艦船通體漆黑，懸掛白帆，帆上繡著一條黑色蛟龍，蛟龍口中叼著一柄長刀，其實徐克定第一眼就從船的特徵認出那是黑蛟號，這艘船是海連天專屬使用，沒有海連天的命令，任何人都不得動用這艘船。

可眾人多已經知道海連天被陳昊東擄走，就算他仍在人世，也應當已經成為了一具行屍走肉，這艘船又是誰在指揮？

徐克定利用望遠鏡在黑蛟號上搜尋，當他看清那艘艦上的指揮官的時候，內心為之一震，在船上指揮的人分明就是他們的幫主海連天。

徐克定先是感到欣喜，可馬上就意識到不妙，他大吼道：「兄弟們，全速前進！」

羅獵道：「發生了什麼事情？」

徐克定將手中的望遠鏡遞給了他，羅獵透過望遠鏡看到了海連天，海連天揮舞著手中的旗幟，指揮黑蛟號上的喪屍船員開動艦船正在向他們不斷接近著。

兩艘船根本不在同一級數上，黑蛟號無論是船體還是速度都遠遠超過他們用來逃亡的這艘帆船，更何況黑蛟號上所配備的火力是整個海龍幫最強大的兩艘艦船之一，另外一艘就是明珠號。

徐克定對海龍幫所擁有的艦船性能都非常的瞭解，他知道就算他們傾盡全力也無法逃過黑蛟號的追擊，他們目前的這艘艦船甚至連一門火炮都沒有配備，一旦被追上，根本沒有反擊的能力，只有坐以待斃。

唯一的生路就是東山島外周的礁石群，他們可以發揮這艘帆船體型小的長處，利用帆船的靈活性進入礁石林立的海域，黑蛟號因為船體過大的緣故，應該不敢輕易進入礁石群，如果膽敢硬闖，則免不了觸礁沉沒的下場。

現在問題的關鍵在於，他們能不能在黑蛟號追上他們，將他們的艦船納入有效射程之前進入那片礁石海域。

所有人都動作起來，為這個集體出一份力，同舟共濟，生死與共就是如此，雖然所有人都齊心協力，可在現實面前他們也無可奈何，視野中已經出現了那片礁石林立的海域。

黑蛟號上的喪屍海盜也洞察了他們的意圖，海連天揮動鑲著金邊的黑色旗幟下達了開炮的命令，噹的一聲巨響震徹在海天之上，三門火炮齊發，瞄準前方的帆船開火。

帆船目前還在黑蛟號的射程之外，炮彈無一擊中船身，在後方的海面爆炸，激起一個又一個的水柱。

羅獵從兩艘船不斷接近的距離判斷出他們沒可能逃過對方的炮擊，向徐克定道：「咱們逃不掉，只能利用救生艇了。」

徐克定點了點頭，論到經驗他比羅獵要豐富許多，船上有一艘救生艇，他們一共只有八個人，可以全都轉移到小艇上，利用帆船船身的掩護迷惑對方的視線，爭取在最短的時間內完成轉移。

徐克定道：「你們先轉移，我馬上就來。」

第七章

幕後無形的大手

羅獵識破老安身分後意識到東山島這場災難應該是在劫難逃，
海龍幫的這場滅頂之災並不是他們帶來的，
無論是不是他們來，老安都會報復海龍幫，
只是在陳昊東發病，老安現身的背後，
一定還有一隻無形的大手在操縱。

在接到徐克定的命令後後，所有人開始向救生艇轉移，當羅獵進入救生艇之後，黑蛟號已經追上了帆船，海連天再次施發號令，火炮齊發，數顆炮彈擊中了帆船，帆船被炮火炸成了兩段。

羅獵呆呆望著那熊熊燃燒的帆船，帆船已經開始向海中沉沒，徐克定還沒有來得及轉移，只怕已經凶多吉少了，眾人已經沒有時間去悲傷，奮起全力划槳，救生艇向不遠處的礁石群中行去。

帆船沉沒的速度比他們想像中更快，短時間內大部分都沉入了海面之下，救生艇失去了帆船的隱蔽，馬上暴露在黑蛟號的視線之中。

黑蛟號上的喪屍原本想駕船離去，可意識到中了對方的金蟬脫殼之計，又加速向小艇追趕而來，追趕的過程中接連發炮，幾顆炮彈落在海面上，激起沖天水柱，海水飛濺到小艇之上，將小艇內七人潑得如同落湯雞一般，因爆炸產生的波浪讓小艇忽上忽下，幾次都險些傾覆。不過他們有驚無險地挺了過去，在黑蛟號再次發動火力攻擊的時候，小艇成功進入了那片礁石林立的海域。

蓬！一顆炮彈擊中了週邊的礁石，將那塊礁石的上部炸得粉碎，碎裂的石屑四處紛飛，一片薄如刀刃般的石塊從一名海盜的頸部劃過，割斷了他的頸動脈，鮮血如噴泉般狂湧而出。

那名海盜捂著脖子，甚至連話都沒有來得及說出口就一命嗚呼了。

不過黑蛟號強大的攻擊力只能到此為止，雖然是喪屍在操縱這艘戰艦，可他們懂得審時度勢，如果繼續前行，黑蛟號就會觸礁，搞不好會全船覆沒，黑蛟號在進入礁石海域之前停了下來，從船上放下兩艘小艇，每艘小艇上都有十名全副武裝的喪屍，一前一後進入礁石海域，他們仍然對羅獵一行窮追不捨。

船上一名海盜摸出手雷，叫道：「去你姥姥的！」他全力將手雷扔了出去，試圖將後方尾隨而來的喪屍小艇炸翻，可惜他的力量不足，手雷在距離對方小艇還有十多米的地方落下，只能起到阻止對方一時的作用，根本無法造成毀滅性的傷害。

那海盜又拿出了第二顆，麻雀將手向他伸了過去：「給我！」

那海盜不由得一愣，心說你一個女流之輩難不成比我的力量還大？在他猶豫的時候，麻雀已經一把將手雷奪了過去，揚手將手雷拋了出去，她扔的距離要比那海盜超出一倍還多，手雷準確無誤地落在喪屍所在的小艇上，蓬！手雷爆炸之後將小艇炸得四分五裂，裡面的喪屍也被炸得血肉橫飛，倖存的喪屍也落入了海水中。

幾名海盜望著麻雀一個個目瞪口呆，這妞兒力氣也太大了。

羅獵想笑卻笑不出來，他們並未脫離危機，更何況目前的傷亡也太大了。

另外一艘小艇上的喪屍看到前面的小艇被炸毀，居然意識到了危險，他們主動放緩了速度。

麻雀有些好奇道：「這些喪屍居然知道害怕。」

羅獵點了點頭道：「證明它們還是有一定思考能力的。」這些喪屍和他過去在甘邊寧夏遭遇的明顯不同，似乎擁有著一定的自主思考能力，更像是他在未來所遭遇的類型。

麻雀道：「不知喪屍病毒會不會在魚類中傳播？」

羅獵搖了搖頭道：「應該不會。」他想到了明華陽，明華陽出於控制這個世界的目的對喪屍病毒進行了改良，這其中最關鍵的部分就在於對喪屍病毒的傳播範圍進行了限制，避免不同物種間的傳播。可那應該是發生在一百多年後的事情，為何會出現在這裡？難道有人攜帶著一百年後方才出現的病毒，通過時空隧道來到了這個時代？

麻雀忽然看到不遠處的海面上露出一顆頭顱，她以為是喪屍，舉槍準備射擊，此時卻看到那人伸出了一隻手揮舞著，大喊道：「別開槍，是我！」卻是徐克定從爆炸的帆船內死裡逃生，他依靠自身游到了礁石海域。

羅獵慌忙阻止麻雀，大家一起努力將小艇划到了徐克定的身邊，將一身濕漉漉如同落湯雞般的徐克定從海水中拉了上來。

徐克定氣喘吁吁道：「好險，我若是再晚一刻跳船逃生，這條老命就沒了。」

羅獵看到徐克定死裡逃生也是倍感欣慰，上前跟他握了握手道：「我就說吉人自有天相。」

徐克定望著身後海面上遠去的小艇，低聲道：「看來他們是不會追上來了。」

羅獵道：「還很難說，以這些喪屍的性情應當輕易不會放棄。」

徐克定歎了口氣道：「咱們沒有大船，就算是想阻止他們也沒有那個能力，放眼我們海龍幫能夠幹掉這艘黑蛟號的只有明珠號。」停頓了一下又道：「希望大小姐和邵威他們沒事。」

這已經是明珠號擊沉的第三艘艦船，邵威沉著冷靜頗具大將之風，譚子明一旁望著，心中暗自感歎，邵威此人的確是個海戰奇才，如果能夠加入他們的陣營，以後必然是如虎添翼。

可又想起此行主要的任務心中不由得一沉，督軍讓他來蟒蛟島尋找銅棺用來交換蔣雲袖，原本一切進行得非常順利，可誰想到那陳昊東突然喪屍病毒發作，不但害了己方的隨行將士，還讓整個東山島生靈塗炭。譚子明心中暗暗自責，如果不是他們登上東山島求助，或許這一幕人間慘劇就不會發生。他卻不知道，導致這場劫難的背後還有其他的原因。

遠方的海面傳來炮聲隆隆，張長弓和海明珠兩人循著炮聲的方向張望，卻見西南方的天空時不時地被炮火染紅，顯然那邊也在發生一場海戰。

海明珠道：「那邊是礁石海域，咱們的船無法通過。」

此時邵威也走了過來，他向兩人道：「咱們所剩的彈藥已經不多，我們有兩個選擇。一是冒險返回東山島的港口進行補給，二是前往鶬鴣島。」

海明珠眺望著港口的方向，大雨停了，港口上濃煙滾滾，雖然距離較遠，不過他們仍然能夠判斷出港口已經沒有可用之船。

譚子聰道：「有沒有聽到炮聲？」

邵威點了點頭。

海明珠道：「黑蛟號！」只有黑蛟號上的那門重炮方能發出如此震徹海天的怒吼，事實上海龍幫威力最大的兩艘艦船就是黑蛟號和明珠號，明珠號的火力稍稍遜色於黑蛟號，並不具備黑蛟號上被稱為震天吼的大炮。

他們的推測很快就被驗證了，遠方海天之間，一艘挑著白帆的戰船正在推進，海明珠失聲道：「爹爹……」

每個人心中都明白，就算黑蛟號現在仍然是海連天在指揮，現在的海連天也已經和過去截然不同了，他不再是海龍幫的幫主，只是這千餘名喪屍中的一員。

邵威道：「馬上離開這裡前往鷓鴣島！」在他下令啟航之後，又即刻下達了第二道命令，讓明珠號向空中放了一炮，這一炮的目的是為了吸引黑蛟號的注意，根據他的初步判斷，東山島碼頭的艦船已經基本損毀，這艘黑蛟號很可能是最後的一艘。

雖然出師不利，可是目前的狀況還是往好的方向發展，只要他們能夠擊沉黑蛟號，那麼就可以阻止喪屍向外界蔓延，剩下的喪屍只要無法離開東山島，就會在這島上自生自滅。

黑蛟號上的船員果然被這聲炮聲所吸引，很快就調整方向朝著明珠號追趕過來。雖然明珠號的火力稍弱，可是在船隻的動力方面並不次於黑蛟號，甚至還要更強一些。

邵威提醒眾人要保持足夠的距離，既不能讓黑蛟號趕上，落入敵艦的射程，也不能開得太快，不可讓對方跟丟，他們必須要一步步將黑蛟號引誘到鵪鴣島，利用那裡的地形，對黑蛟號進行致命一擊。

張長弓前去清點了一下彈藥，目前他們還擁有一定的戰鬥力，如果所有的炮彈都能夠成功命中目標，擊沉黑蛟號應該沒有問題。只是黑蛟號上震天吼的射程要超過明珠號目前的所有火炮，他們只能繞行到黑蛟號的尾部，進入震天吼射擊的盲區，方才有取勝的機會。

救生艇在礁石之中穿行，因為起風的緣故，海浪明顯大了許多，小艇在海浪中起起伏伏，船上眾人的心情也隨著波浪高高低低，徐克定低聲向羅獵道：「單憑著這艘小船，咱們可無法橫渡大海。」他們現在距離東山島還不算遠，如果進入深海，遭遇風浪，這艘小艇肯定要被大浪掀翻。

羅獵看了看不遠處的東山島道：「回去！」

徐克定點了點頭，目前也只能回去了，在他們駕駛帆船離開的地方還有幾艘船，從中應該可以挑選一條可供遠行的，即便是一時間找不到完好的船隻，他們也能夠在島上躲過風雨。

徐克定和羅獵、麻雀三人對返回達成了共識，其餘幾名船員卻不情願，在他們看來，就算是漂在海上，在風浪中冒險，也好過返回島上面對那些喪屍。可很快又下起雨來，風浪越來越大，如果堅持留在海上只有一死，所有人最終還是達成了共識。

他們駕駛帆船來到這片礁石海域並沒有耗費太久的時間，可是返程卻要依靠船槳划回去，而且回去時候的風浪比來時大了許多，眾人輪番操槳，向東山島划去，頂著風雨，穿行在波浪之中，雖然其中不乏操槳的高手，也足足耗去了三個小時方才回到他們最初出發的地方。

他們來到岸上，徐克定指了指遠處一艘停泊在沙灘上的帆船道：「這艘船雖然破舊了一些，不過修修還能用。」

羅獵道：「我們先找個地方避雨，順便確認一下周圍有沒有喪屍。」

徐克定道：「就以這艘船為落腳點吧。」

羅獵讓其他人先在下面等待，他和麻雀一起率先上船，他們兩人都擁有對喪屍病毒的免疫力，而這是其他人不具備的，目前他們的同伴越來越少，實在不想再有什麼損失。

羅獵和麻雀在船上搜索了一遍，確信這船上並沒有藏著喪屍，這才通知其他人上來。徐克定這些人並不清楚具體的內情，暗自佩服兩人的膽量。

徐克定幾人對這艘船進行了初步的檢查，估計想要修好這艘船，並能下海航行恐怕需要一整天的時間，時間緊迫，他們不敢耽擱，初步的方案就是利用周圍的船隻來維修這一艘船。

羅獵和麻雀不懂如何修船，他們兩人就負責望風。遠方隱隱傳來炮聲，羅獵不由得為明珠號上的眾人擔心，低聲向麻雀道：「那黑蛟號可能在追擊明珠號。」

麻雀道：「就算真是如此，咱們也無能為力，畢竟無船可用。」

羅獵點了點頭。

麻雀道：「邵威、海明珠他們都是海戰好手，未必會敗。」

羅獵道：「你別忘了指揮黑蛟號的是海連天。」

麻雀道：「那又怎樣？他現在還不是一具行屍走肉。」說到這裡她不由得想到了自己，如果不是羅獵用特殊的方式救了自己，恐怕自己已經變成一具喪屍了，她咬了咬櫻唇，有些難為情地問道：「你救我的時候，我是不是吸了你很多的血？」

羅獵笑道：「我忘了。」其實他是怕說出當時的詳情會害得麻雀難堪。

麻雀道：「那咱們以後誰都不許提這件事。」

羅獵忽然將手臂搭在她的肩頭提醒她隱蔽，卻見東山島這邊的山坡上有不少身影正在向他們所在的海灘而來，麻雀大致數了一下，估計有二十多人的樣子，她對自己的戰鬥力頗具信心，小聲道：「人不算多，我能夠解決它們。」

羅獵道：「別忘了島上可能還有數百名喪屍，我們還是儘量避免戰鬥，以防把其他的喪屍吸引過來。」

麻雀點了點頭道：「那就靜觀其變。」她看了看羅獵有些蒼白的臉色，柔聲道：「你去休息吧，我一個人盯著就行。」

羅獵的確有些疲倦了，為了營救麻雀他失血不少，而此後也一直沒有得到休息，羅獵感覺再這樣下去身體就快支撐不住，於是聽從了麻雀的勸說，他並沒有走遠，就在一旁的艙房內睡了。

迷迷糊糊不知睡了多少時候，羅獵聽到麻雀在耳邊呼喊自己，睜開雙目發現夜幕已經降臨，麻雀拉著他的手腕來到船舷旁，指著遠方的山坡道：「他們在幹什麼？」

羅獵定睛望去，卻見半山坡上聚集了數百名喪屍，那些喪屍聚集在那裡不停徘徊，不過它們應該沒有發現羅獵這些人的存在，一直沒有向這邊靠近。

徐克定停下手頭的工作來到了這裡，他向羅獵道：「兄弟們還在進行修補，進展比預想中要快，如果順利的話，明天天亮之前我們就能夠將破損的地方修補好，再將船帆縫補完畢掛上，咱們就能夠揚帆遠航了。」

羅獵點了點頭道：「辛苦了！」

徐克定也留意到半山坡上的情況，他皺了皺眉頭道：「咦，那裡是我們的軍火庫所在，它們想幹什麼？」

羅獵聽說喪屍聚集的地方是軍火庫，頓時警惕起來，低聲道：「裡面有什麼？」

徐克定道：「儲存了不少的彈藥，如果被它們打開了軍火庫，它們的戰鬥力無疑會提升許多。」說話間聽到一聲爆炸，卻是那些喪屍利用炸藥炸開了軍火庫的大門。

徐克定道：「不好，裡面有鋼炮，如果它們懂得如何使用，咱們就麻煩了。」

麻雀道：「希望它們沒有發現咱們又回來了。」

羅獵觀察了一會兒，馬上搖了搖頭道：「它們已經發現了，你們看，已經有喪屍往這邊來了。」

麻雀道：「怎麼辦？」

羅獵向徐克定道：「船能開嗎？」

徐克定道：「估計開不太遠。」

此時山坡上已經響起了槍聲。

羅獵果斷道：「必須走，再不走恐怕就來不及了。」

徐克定道：「走一步看一步。」他前往船尾砍斷了用來牽拉船體的繩索，繩索斷裂之後，這艘船沿著下方的圓木緩緩滾動。

麻雀關注著那些喪屍的行動，喪屍從半山腰飛快地衝了下來，它們一邊沿著山坡飛奔，一邊瞄準帆船開槍，因為距離很遠，所以並無子彈擊中目標。帆船終於進入了海灣。

尚未來得及修補完成的船帆升起，雖然上面還有不少破洞，可是仍然起到了一定的作用，夜風鼓著船帆，驅動帆船向海洋深處駛去。

數百名喪屍很快就飛奔到了海岸線上，它們舉起武器瞄準尚未走遠的帆船開槍，帆船行進的速度還是過於緩慢，有不少子彈射中了船身，船上的火力無法和岸上的喪屍抗衡，所以他們選擇趴伏在甲板上，盡可能地隱蔽自己，避免被流彈擊中。

也有喪屍從軍火庫中推著鋼炮出來，可是因為距離的緣故，它們已經來不及開炮攻擊了。

在帆船離開敵方的射擊範圍之後，眾人方才從甲板上爬了起來，船身上千瘡百孔，所有人動員起來前去修補破洞，麻雀則主動承擔了去修補船帆的任務。

明珠號終於行駛到了鷓鴣島海域，後方黑蛟號窮追不捨，邵威指揮眾人加快速度，圍著鷓鴣島繞行，黑蛟號接連開了幾炮，都因距離過遠沒有能夠擊中目標。

伴隨著邵威的一聲大吼：「向右滿舵！」明珠號在海面上一個漂亮的轉彎變向，船尾處拖曳出一條雪白的水線。

「開火！」

蓬！一顆炮彈從明珠號上射出，直奔黑蛟號船尾而去，黑蛟號在此時船身也開始變向，雖然如此，仍然有些晚了，這顆炮彈擊中了黑蛟號靠近船尾的左側船身，將黑蛟號炸出一個大洞。

邵威看到一擊得手，馬上讓水手加快速度，繞行向黑蛟號的尾部展開追逐。

戰局在此時發生了反轉，黑蛟號在被擊中之後，選擇遠離鷓鴣島，而明珠號在黑蛟號後方開了幾炮，這幾炮都沒有擊中目標，明珠號所剩彈藥已經不多，邵威不敢冒險繼續追擊，雖然剛才他們擊中了黑蛟號，可那一炮的威力並不足以毀滅敵艦，如果激怒了黑蛟號，讓敵方選擇破釜沉舟的話，他們的處境會變得險惡許多。

邵威果斷下令停止追擊，他們現在首要的任務就是補給，明珠號停靠在鷓鴣島的碼頭，鷓鴣島上還有海龍幫的一支小隊在駐紮，這裡是距離東山島最近的補給點，和東山島相互呼應。

駐島小隊聽說東山島總舵發生的事情，也都是悲痛不已，邵威下令讓全員儘快給船隻完成補給。

黎明終於到來，徐克定操縱著這艘千瘡百孔的帆船向鷓鴣島駛去，那裡是最近也是最安全的補給點，這首帆船無法行駛太遠，他必須去鷓鴣島補給維修，不然這艘船仍然難免沉沒的命運。

負責瞭望的麻雀又有發現，她看到了遠方的黑蛟號。

羅獵利用望遠鏡正在確認來船，真可謂是冤家路窄，他們的上一艘船就因為黑蛟號的追擊而放棄，想不到返回東山島取來的第二艘船仍然出師不利，又遇到了黑蛟號。

徐克定將船舵交給了副手，也來到了船頭，利用望遠鏡眺望遠方的來船，他很快就確定來船是黑蛟號無疑。這次他們的船上已經沒有了救生艇，如果發生海戰，他們只有跳海逃生了。

徐克定倒吸了一口冷氣道：「屋漏偏逢連夜雨，想不到這世上會有這麼倒楣的事情。」

麻雀道：「大不了跟它們拚了。」

徐克定道：「實力懸殊，咱們根本拚不過。」

仍然在觀察黑蛟號的羅獵道：「我看也不是沒有機會，黑蛟號行進的速度好像比此前慢了許多，你們有沒有發現，船上還冒著黑煙。」

徐克定聽他這樣說，又觀察了一會兒，果然發現黑蛟號上冒著黑煙，因為煙霧不是太濃，再加上海上風大，很快就被吹散，距離又遙遠，所以不仔細看是看不出來的。

羅獵道：「它們也未必知道這艘船上是我們，黑蛟號本身受損，現在應該沒有精力來顧及咱們。」

徐克定點了點頭道：「可能是被明珠號所傷，這裡離鶻鴣島很近，黑蛟號可能是從那邊過來的。」

麻雀道：「如此說來，明珠號很可能就在鶻鴣島。」

徐克定道：「鷓鴣島是距離東山島最近的補給點，明珠號經過幾次戰鬥，估計彈藥損失不少。」

一切果然不出羅獵所料，黑蛟號並沒有貿然向他們發動攻擊，而是向東南方向駛去，麻雀望著漸漸遠去的黑蛟號道：「難道咱們就這麼放過了黑蛟號，上面有不少喪屍，你們不怕它們將喪屍病毒蔓延出去？」

徐克定道：「怕也沒用，我們這艘船如果強行去戰鬥，根本就是以卵擊石，船毀人亡是咱們註定的命運。」

麻雀道：「那怎麼辦？」

羅獵道：「徐先生說得不錯，咱們只能先去鷓鴣島和其他人會和，如果明珠號就在那裡，咱們就有了機會。」

徐克定始終觀察著黑蛟號，他有些迷惑道：「黑蛟號去了什麼地方？看它們航行的方向好像不是東山島。」

明珠號在鷓鴣島完成補給的時候，羅獵一行也趕到了這裡，在確定帆船上是自己人之後，羅獵等人獲准登船。

看到羅獵和麻雀平安歸來，張長弓倍感欣慰，他第一個迎了上去緊緊握住羅獵的雙手道：「我就知道，你一定會平安脫困。」

羅獵笑道：「這次多虧了徐先生，如果不是遇到了他，我們恐怕還被困在東山島出不來呢。」

邵威和譚子明都過來問候，徐克定將途中遇到黑蛟號的事情告訴了邵威。

邵威道：「我們原本準備在這裡將黑蛟號擊沉，可是終究沒有完成，只是炸壞了黑蛟號的一部分，它們應該是怕了，所以選擇撤離，等到明珠號完成補給，我們準備返回東山島追蹤黑蛟號，將之徹底擊毀，決不讓一名喪屍離開這片海域。」

徐克定道：「根據我觀察黑蛟號的航行路線，它們沒有前往東山島。」

邵威聞言一怔：「什麼？它們沒有前往東山島？」

徐克定點了點頭道：「從它們航行的方向來看，應該是往卵蛋島去了。」

言者無心聽者有意，譚子明心中暗忖，卵蛋島豈不就是他們要去的蟒蛟島？

羅獵道：「看來我們也要往那裡走一趟了。」

海明珠表情複雜，她黯然道：「我爹還在船上。」

羅獵想起了她的生父老安，海明珠應該還不知道老安已經來到了東山島，這場讓東山島幾乎遭到滅頂之災的劫難就是老安帶來的，從和老安相遇的情景來看，老安不但仇視海連天和海龍幫，甚至連海明珠這個親生女兒也仇視起來。

羅獵雖然不認為老安被喪屍病毒感染，可是他卻能夠斷定老安的身上也發生了變化，有人對他動了手腳，所以老安才會性情大變，變得仇恨一切。

羅獵將張長弓叫到一邊，悄悄將遇到老安的事情告訴了他，張長弓聽說這個消息也吃了一驚，此時他方才知道這場災難並不是他們帶給東山島的，真正的罪魁禍首是老安。

張長弓向遠處的海明珠看了一眼，壓低聲音道：「你是說那個木乃伊是……」

羅獵點了點頭，張長弓歎了口氣道：「這件事最好別讓你嫂子知道，不然她不知要有多麼難過。」

眾人很快統一了意見，在明珠號完成補給之後，他們決定前往蟒蛟島，一來是為了繼續追蹤黑蛟號，二來他們沒忘這次前來的目的就是要造訪蟒蛟島，尋找一具紡錘型的銅棺，按照譚子明他們預定的計畫，是要找到這具銅棺用來交換黃浦督軍蔣紹雄的女兒蔣雲袖的。

對東山島的事情，譚子明頗為內疚，他認為是自己一行的到來帶給東山島這場滅頂之災，在羅獵幾人回歸之後，他的內心才稍稍好過了一些，前往蟒蛟島的途中，譚子明來到獨自在船尾沉思的羅獵身邊坐下。

羅獵看了他一眼，笑了笑，自從回歸之後，兩人還沒有單獨說話的機會。

譚子明道：「大家都很擔心你，我也是。」

羅獵笑道：「我這個人一向運氣不錯，沒什麼好擔心的。」

譚子明歎了口氣道：「如果不是我請你來，這次可能不會惹出那麼大的麻煩。」

羅獵道：「其實你無需自責，誰也不想發生這樣的事情。」

譚子明道：「你不用安慰我，如果不是我找你接這趟差事，張長弓就不會加入這件事，咱們也就不會去東山島，如果我們不去東山島，海龍幫就不會遭遇如此噩運。」

羅獵道：「有沒有想過這件事從頭到尾就是一個陰謀？」

譚子明不知道羅獵是什麼意思，有些迷惘地望著他。

羅獵也是在識破老安的身分之後才意識到東山島的這場災難應該是在劫難逃，海龍幫的這場滅頂之災並不是他們帶來的，無論是不是他們來，老安都會報復海龍幫，只是在陳昊東發病，老安現身的背後，一定還有一隻無形的大手在操縱。

羅獵越來越覺得整件事從一開始就是一個圈套，他甚至懷疑蟒蛟島是否存在一具這樣的棺槨，是有人在通過蔣雲袖的事情將他們引入到一個預先布好的局中。但是羅獵並沒有告訴譚子明老安的事情，一來此事說來話長，而來譚子明對老安缺乏必要的瞭解，還有更重要的一點是他答應了張長弓，要在這件事上保守秘密，避免海明珠知道之後遭受打擊。

譚子明追問道：「你說什麼陰謀？」

羅獵道：「蔣小姐失蹤的事情，別忘了是綁架者將咱們一步步引到了這個地方。」

譚子明道：「可是他設下圈套要對付誰？」譚子明不認為幕後的操縱者會花費那麼大的精力來對付自己。

羅獵道：「也許是你，也許是我！」

譚子明沉默了下去，如果幕後操縱者當真是要對付羅獵，那麼所有發生的一切就變得合理起來，換句話來說，這件事的主要責任可能不在自己，譚子明轉念又想到，或許羅獵故意這麼說的目的就是要讓自己少一些內疚，譚子明深有感觸地點了點頭，心中對羅獵又多了幾分感激。

羅獵道：「其實這世上的許多事都不由你我掌控，發生就發生了，無需自責，更不用害怕，對咱們這樣的人來說，自責和害怕都是想要逃避的先兆。」說這句話的時候，羅獵轉過頭去，剛好看到船頭一個映在晚霞中的美好身影。

譚子明卻因為羅獵的這番話而豁然開朗起來，他笑著點了點頭道：「說得對！」

船隻來到蟒蛟島，只有親眼見到眼前的蟒蛟島才明白為何海龍幫的海盜給此地起了一個如此粗俗的名字，因為海水上漲的緣故，原本連成一體，長條狀的島嶼，如今只有兩個高峰處露在海面之上，橢圓形狀，像極了兩顆卵蛋。

徐克定指著遠處的島嶼道：「那裡就是卵蛋島，過去兩座島嶼連在一起，長長的就像是一條蟲子，現在只露出一部分，大部分都被海水淹沒了。」

羅獵道：「這裡過去是不是叫蟒蛟島？」

徐克定道：「你如果不說我幾乎都想不起來了。」他是海龍幫的老人，對這一帶的事情瞭若指掌。

邵威指揮明珠號沿著蟒蛟島繞行，現在的蟒蛟島分成南北兩部分，他們在北島的海灣中發現了黑蛟號，黑蛟號停在那裡，不知船上是否有人，出於謹慎起見，他們沒有駕駛明珠號直接過去，而是先放下一艘小艇，派出先行小隊。

這支小隊由羅獵、張長弓、麻雀、譚子明、徐克定和兩名水手組成，其他人在明珠號留守，等到他們發出信號之後再登岸。

臨近黃昏，這一帶的海域還算風平浪靜，他們在海灣的西南角登陸，這裡擁有北島上最茂密的一片樹叢，利用樹叢的掩護，可以最大限度地避免被敵人發現。

幾人登陸之後，羅獵讓水手留守，這一帶和他最初聽海連天的描述不同，海連天說過蟒蛟島乃是一片不毛之地，上面寸草不生，可是他們登陸的地方卻生滿了茂密的植被。

在確信周圍安全之後，羅獵低聲道：「徐先生，這裡過去是不是也有豐富的植被？」

徐克定搖了搖頭道：「我從未登過此島，不過我曾經途經這裡，我的印象中還是一片不毛之地，因為這島上沒有淡水，所以很少人會對這樣的島嶼產生興趣。」

羅獵點了點頭，徐克定所說的話和海連天相符。

徐克定判斷出黑蛟號停靠在海灣所在的位置，眾人選擇在樹林中穿行，利用樹林隱藏自身的蹤跡，避免過早暴露。

麻雀走在隊伍的最前方，突然她停下腳步，伸出手臂示意眾人停下來，眾人心中都是一怔，畢竟其他人都沒有發現任何的異常，麻雀揚起手中的匕首忽然投擲了出去，眾人循著刀光望去，卻見匕首準確無誤地釘在前方的一株大樹之上，將一條手腕粗細的青蛇釘在了樹幹之中，匕首從青蛇的七寸穿過，刺入樹幹，直至末柄。

張長弓暗暗驚奇，在場的人中除了羅獵就數他最瞭解麻雀，他清楚麻雀的實力，在他的印象中，麻雀並沒有擁有如此強悍的戰鬥力，而且從麻雀先於眾人覺察附近危險的情景來看，這妮子似乎發生了脫胎換骨的變化。

羅獵知道現在麻雀的實力和過去不可同日而語，在東山島上自己最為虛弱的時候，麻雀就起到了保護自己的作用，他知道經過這次的事情，麻雀的體質已經發生了天翻地覆的變化，其實力可能會有數倍甚至數十倍的增長。

羅獵自身也發生了一些可喜的變化，他雖然失血不少，又在營救麻雀的過程中損失了不少的能量，可是羅獵體內的龐大能量始終沒有消失過，只是因為時空旅程的緣故，他的能量處於沉睡的狀態，而這次的事情恰恰成功喚醒了他體內沉睡的能量，羅獵的體質也在迅速恢復著。

麻雀始終關注著羅獵，看到羅獵走在隊尾，她主動放慢了腳步，和羅獵保持並排行進，小聲道：「你撐不撐得住？」

羅獵笑道：「撐得住！」

沿著前方的山坡一路往上，途中並沒有遇到任何的喪屍出沒，他們來到高處，居高臨下觀察海灣內停泊的黑蛟號，通過望遠鏡拉近黑蛟號，發現甲板上空無一人，甚至連黑蛟號周圍都沒有看到一個喪屍的身影。

張長弓低聲道：「奇怪，那些喪屍怎麼一個都不見了？」

徐克定道：「也許都藏身在船艙裡面。」

譚子明道：「看看再說！」

他們原地等待了一會兒，仍然沒有看到任何的動靜，按照他們最初的計畫，是準備瞭解狀況之後將這艘船給炸掉，可如果黑蛟號上沒有了喪屍，也就沒有將之炸毀的必要。

麻雀道：「要不開一槍，將喪屍引出來？」

羅獵搖了搖頭，否決了她的建議，他向張長弓道：「張大哥，你可不可以射中船帆？」

張長弓笑了起來，這麼大的目標，別說是他，就算是其他人一樣不會錯失目標。

羅獵道：「黑蛟號的船體都是木頭吧？」

張長弓明白了他的意思：「把船燒了！」他取出弓箭，從箭囊中抽出一支爆裂箭，瞄準了黑蛟號上的白帆，鎖定目標之後，弓如滿月，鬆開弓弦，爆裂箭流星般向白帆射去。

張長弓的這一箭正中桅杆，爆裂箭在射中桅杆之後爆炸燃燒，引燃了白帆，船帆被點燃之後，火勢迅速蔓延開來，一會兒功夫那黑蛟號的桅杆和船帆全都燃燒了起來。

讓他們想不到的是，鬧出這麼大的動靜黑蛟號周圍仍然沒有動靜，從目前的情景來看，黑蛟號已經被完全拋棄，船上早已空無一人。

在遠處海面巡弋的明珠號看到黑蛟號起火，知道羅獵幾人已經得手，邵威眺望著遠方燃燒的黑蛟號，他也頗為不解，一切都進行得如此順利，黑蛟號甚至沒有做出一丁點的反抗。

海明珠望著遠方燃燒的黑蛟號，忍不住流下了眼淚，她雖然不能確定父親在不在船上，可是她卻知道自己這一生可能再也無緣和父親相見了。

黑蛟號上的火越燒越旺，很快火勢就蔓延到了彈藥庫，火焰引發了爆炸，在震耳欲聾的爆炸聲中黑蛟號被砸得支離破碎，火光映紅了夜空，可是這麼大的動靜仍然沒有吸引一個喪屍前來。

眾人決定前往黑蛟號所在的海灣，在火光的映照下，五人來到了那裡，黑蛟號仍然在燃燒，海灘上遍佈大大小小的石塊，這些卵圓形的石塊都如同鳥蛋一般。

羅獵心中暗忖，此島的得名或許和這些卵圓形的石塊有關。

張長弓在附近找到了一些血跡，這些黑色的血跡應當是喪屍留下，他徵求了一下其他幾人的意見，大家決定循著血跡繼續前行，必須要將這件事搞個清楚，雖然目標一致，但是每個人的想法還是有所偏差的，張長弓想的是去看看岳父海連天到底變成了什麼樣子，徐克定想的是為海龍幫報仇，譚子明想的是督軍交給他的任務。

只有羅獵和麻雀抱著探尋真相的目的。

眾人循著血跡走了大概半個小時左右，已經來到了北島的頂端，再往前已經沒有道路，筆直的懸崖下方就是一道海溝，這道海溝寬約百米，對面就是南島。

譚子明道：「難道它們全都去了對面的島嶼？」

徐克定道：「喪屍怕水，它們如果要去對面的島嶼，為何不直接將黑蛟號停在對面，反而要費這麼大的周折，給自己製造麻煩嗎？」

麻雀道：「那些怪物本來就沒腦子，做出怎樣奇怪的事情都不稀奇。」她想起來有些後怕，如果不是羅獵拯救了自己，現在自己也變成了一具可怕的喪屍。

羅獵趴在懸崖邊緣向下方望去，那懸崖接近九十度，距離下方的海面約有三百米的高度，夜晚的海洋黑漆漆一片，潮水拍打在岩壁之上，激起一片雪白的浪花。

驚濤拍岸的聲音隨著夜風送出很遠，聽上去如同遠古洪荒巨獸在吼叫，羅獵側耳傾聽了一會兒，輕聲道：「這下方應該有個洞穴，我聽到海風灌入空洞的聲音。」

徐克定建議道：「不如就讓這些喪屍在這裡自生自滅，反正咱們已經將黑蛟號燒掉了，它們沒有了船，自然無法離開這裡。」

譚子明心中是不想這麼離開的，畢竟他還沒有完成督軍交給的任務，如果找不到那口棺材，就意味著無法滿足劫匪的條件，等同於宣佈了蔣雲袖的死亡，這樣回去，他如何面對蔣紹雄？而譚子明也清楚單憑著自己是無能為力的，督軍給他配備了裝備精良的炮艇，訓練有素的士兵，而現在這一切都已經不復存在了，他所能倚靠的只有羅獵，如果羅獵就此放棄，他也只能認命，回去是不可能了，也許從此以後隱姓埋名浪跡天涯才是他的歸宿。

羅獵道：「既然來了，就要搞清楚到底發生了什麼！」他馬上做出了決定：

「我準備下去看看。」

麻雀道：「我也去！」

譚子明當然不肯落後，他馬上表示要和羅獵同行。

羅獵知道譚子明的心思，他笑了笑道：「咱們五個人不可能全都下去，這樣吧，我和張大哥、麻雀三人下去看看，譚兄和徐先生就留在這裡為我們望風，目前看來北島上已經沒有了危險，可以發出信號讓邵威派人過來增援。」

五人分派完任務之後，張長弓率先沿著懸崖攀爬下去，羅獵和麻雀隨後跟上，譚子明看到三人根本不用繩索，直接徒手攀岩，頓時意識到自己和他們的實力相差太遠，如果硬要跟過去也只能拖累他們，根本幫不上什麼忙。

三人沿著峭壁攀爬，譚子明和徐克定趴在崖邊觀望，雖然他們並未參與行動，可是看在眼裡已經覺得膽戰心驚，雖然下方是海水，可是從這樣的高度若是失足摔下去只怕也得粉身碎骨，懸崖幾近垂直，夜幕降臨，海風呼嘯，站在崖邊都擔心會被強勁的海風吹出去。

徐克定低聲歎了口氣道：「老了，這世界是年輕人的了。」其實他就是年輕的時候也沒有這樣的本領。

一切果然不出羅獵的所料，在懸崖的中段他們看到了一個三角形的洞口，這洞口非常規則，基本上是一個等邊三角形，張長弓看到這洞口的時候不由得想起當初去蒼白山尋找羅獵的時候，他們再度進入九幽秘境的入口就是這樣的一個三角形。

不過此前的那個入口顯然要光滑許多，幾乎沒有可供著手之處，而現在進入洞口並沒有什麼困難，張長弓率先進入洞口，麻雀隨後，羅獵最後一個進去。

沿著這崖壁上的山洞向裡面走了二十多米的樣子，可以看到有淡藍色的光芒從裡面透出。有了藍光的照亮，他們不必再採用其他的照明設備，從而也避免了因光線而暴露行藏。

他們循著藍光繼續前行，又行了百餘步，前方豁然開朗，在他們的下方出現了一個直徑約有百米的天然洞窟，那洞窟基本上是一個圓形，一百多名喪屍就聚攏在這洞窟內。

羅獵向張長弓和麻雀做了個手勢，三人藏身在暗處，他們屏住呼吸，生怕被那些喪屍發現。

喪屍圍繞的中心是一塊方方正正的岩石，岩石上盤膝坐著一個長髮垂肩的怪人，因為背朝羅獵他們的方向，所以看不清此人的模樣。

羅獵從喪屍中找到了海連天，海連天手握大砍刀和陳昊東並肩站在一起，他們的喉頭發出古怪的聲音，指揮那群喪屍將怪人團團圍在中心。

那怪人桀桀笑道：「來了，你們終於還是來了！」

一個嘶啞的聲音從喪屍的隊伍中發出：「明華陽！如果你想活命，就把秘密交出來。」

羅獵循聲望去，說話的人正是宛如木乃伊裝扮的老安，而更讓他震驚的是，這長髮垂肩衣衫襤褸的怪人竟然是明華陽，明華陽是他在未來所遭遇的大敵之一，這些喪屍病毒就是由他一手改良並散播，其實羅獵在遭遇這些喪屍之後，就感覺這種喪屍病毒和過去明華陽研製出的極其相似，現在見到明華陽現身，一切的疑惑都得到了解答。

就算明華陽不是幕後的操縱者，這些喪屍也應該是他一手製造出來的。看來回到這個時代的不僅僅是自己，羅獵想起了龍天心製造的時空之門，想起了背叛她的艾迪安娜，也許還有其他人通過時空之門來到了這裡，答案應該就在明華陽的身上。

明華陽道：「要殺就殺，何必廢話！」

老安陰惻惻道：「想死也沒那麼容易。」

羅獵向張長弓和麻雀使了個眼色，三人同時掏出手雷扔了下去，三顆手雷在喪屍群中爆炸，一時間炸得喪屍血肉橫飛。

老安聽到爆炸霍然轉過身來，那些喪屍紛紛向羅獵幾人的藏身處湧去。

羅獵三人再度扔出手雷，將手雷用完之後，麻雀率先飛身而下，揚起手中長劍，迎面將撲向自己的喪屍從中砍成兩半。

羅獵讓張長弓負責掩護，他也隨後跳了下去。張長弓引弓射箭，箭無虛發，為羅獵和麻雀兩人清除身後的威脅。

羅獵直奔老安而去，宛如木乃伊般的老安也認準了羅獵，他從背後抽出一雙彎刀騰空躍起，踩著喪屍的肩膀和頭頂大踏步向羅獵衝去，羅獵手中太刀接連斬殺了數名喪屍。此時老安已經來到近前，騰空魚躍，雙刀居高臨下劈向羅獵，羅獵橫刀擋格，刀刃交錯發出刺耳的鳴響，老安強大的力量讓羅獵的身體向下一沉，一名喪屍從後方意圖抱住羅獵，張長弓一箭射中了那喪屍的腦門。

麻雀殺得正興起，突然一道罡風從左側襲來，她揮劍去擋，渾厚的力量震得麻雀手臂發麻，一時間她手中長劍拿捏不住飛了出去，麻雀定睛望去，卻見海連天來到了她的面前，剛才這勢大力沉的一刀就是海連天所發。

海連天揮出第二刀的時候，麻雀已經閃身擠入幾名喪屍的夾縫之中，海連天失去目標，這一刀反倒將一名喪屍劈成兩半。麻雀身法靈活，在喪屍的隊伍中穿行，她出手狠辣，一會兒功夫又扭斷了三名喪屍的頭顱。

老安雙刀一剪，向羅獵的頸部夾擊而去，羅獵身軀後仰，手中太刀從下向上倒劃出去，撞擊在老安的雙刀之間，將雙刀撞擊分開，老安手腕一翻，雙刀向下插去，意圖將羅獵開膛破肚。

羅獵長刀反轉再次擋住他的雙刀，一腳踢中老安的腹部，老安中了他的一腳之後，身體踉蹌後退，撞擊在兩名喪屍的身上方才停下腳步，他能夠感覺到羅獵的反擊正在變得越來越強。

羅獵道：「你不是喪屍！」

老安僅僅露出的雙目中瞳孔驟然收縮。

第八章

秘　密

明華陽所說的秘密羅獵必須要嚴守，
如果譚子明知道這東西暗藏著克制喪屍病毒的辦法，
不知會生出怎樣的想法，
一個人一旦掌握其中的秘密，就等於擁有莫大的權力，
而權力難免會使人腐化。

羅獵道：「這身腐朽的繃帶可以掩飾你身上的味道，如果這些喪屍發現你並非它們的同類，你覺得會發生怎樣的事情？」

老安心中一沉，羅獵卻在此時閃電般劈出一刀，這一刀也是他轉守為攻的開始。羅獵一刀快似一刀，老安漸漸感覺到力不從心。交戰之中，羅獵虛晃一刀，左手射出一道寒光。

飛刀擦著老安的肩頭飛過，割斷了繃帶，擦傷了裡面的肌膚，老安的肩頭滲出血來。

所有的喪屍聞到了新鮮的血液味道，頓時放棄了原本的目標，羅獵所說的狀況終於發生了，老安暗叫不妙，他轉身向外就逃，喪屍一個個追了出去，對他們來說，新鮮的血液擁有著無法抗拒的吸引力。

張長弓望著那群喪屍從自己的身邊經過，因為被老安所吸引，竟然無人對他發動攻擊。

張長弓來到羅獵和麻雀的身邊，三人會合在一起。羅獵示意兩人注意周圍動靜，獨自一人來到明華陽的身邊。

明華陽仍然一動不動地坐在那裡，低聲道：「你居然回來了。」

羅獵繞到明華陽的前方，卻見明華陽早已不復昔日的模樣，整個人皮包骨頭，如同一具人形骷髏，雙眼處只剩下一對深陷的眼眶，其中並無眼球。

明華陽道：「我看不到你，可是我還聽得到，你是羅獵！」

羅獵點了點頭道：「是我！」

明華陽慘然笑道：「看到我現在的慘樣，你是不是很開心？」

羅獵道：「這個世界本不屬於你，你不該出現在這個地方。」

明華陽長歎了一口氣道：「是啊，我本不該出現在這個地方，更不該出現在這個時代，我被人利用了，我只怕回不去了。」

羅獵道：「回不去了，不是每個人都有回去的機會。」雖然他對明華陽的所作所為深惡痛絕，可是看到他如今的模樣也感到可憐。

明華陽道：「我過去的所作所為並不是要毀滅這個世界，而是我想佔有這個世界統治這個世界。」

羅獵沒有說話，任何時代都會產生這樣的野心家，而在他瞭解的歷史中，這樣的野心家無一例外地以失敗告終。

明華陽道：「我比你來得更久，我輕信了他們的話，本想利用自己的學識大展身手，可現在，我卻變成了一個目不能視，四肢癱瘓的殘疾。」

羅獵道：「還有誰跟你一起來了？」

明華陽道：「艾迪安娜和白狼，在時空旅程中每個人都會產生變化，他們比我更幸運一些。」

羅獵道：「他們在什麼地方？」

明華陽搖了搖頭道：「我不知道，我這個樣子如何能夠找到他們，可是他們能夠找到我，他們想從我這裡得到一樣東西。」

「什麼東西？」

明華陽道：「那東西在我的脖子上掛著。」

羅獵靠近他從他的脖子上摘下他所說的東西，那是一個紡錘形的掛件，羅獵心中一怔，他們此次出行的目的是為了尋找一具紡錘形狀的棺材，難道他們理會錯了綁匪的意思？這掛件就是綁匪想要的東西？

明華陽道：「這其中有克制喪屍病毒的秘方，也有控制傷勢的辦法。」

羅獵道：「剛才他們圍困你，就是為了得到這樣東西？」

明華陽道：「是！」

羅獵道：「剛才那個木乃伊裝扮的怪人，他為何能夠找到你？」

明華陽道：「他叫老安，他救過我，我也幫過他，我本以為可通過他做成一些事情，卻沒有料到他竟然被人控制。」

羅獵道：「控制他的人是不是艾迪安娜？」

明華陽道：「一定是他們，否則，沒有人會知道我的秘密。」他歎了口氣道：「我已經什麼都做不了，這秘密交給你，你可不可以幫我完成一個心願？」

羅獵道：「你說！」

明華陽道：「殺了我，這樣的日子生不如死，哪怕是一天我都不想再過下去了。」

羅獵點了點頭道：「好！不過你可不可以再透露一些他們的資訊？」

明華陽道：「我什麼都不知道，不過只要你得到了這樣東西，循著這條線索自然可以找到他們。」

羅獵道：「明白了。」按照明華陽的說法，這掛件對艾迪安娜和白狼極其重要，這次的出海很可能就是兩人計畫的一部分，羅獵努力回憶著自從他歸來之後所遇之人，在他的記憶中並沒有搜尋到兩人的影子。

明華陽道：「艾迪安娜擁有變形的能力，或許她就在你的身邊。」

羅獵道：「你來多少年了？」

明華陽想了好一會兒方才道：「十年，我知道自己再也回不去了。」

徐克定和譚子明目睹許多喪屍接二連三跳入海中的情景，兩人不知發生了什麼，直到羅獵三人重新歸來，此時邵威和海明珠派出的增援隊伍也剛好趕到了。這支隊伍由海明珠親自率隊前來，她之所以堅持過來，是因為心中對父親仍然存在著一線希望。

張長弓走過去將海明珠帶到一邊低聲說著什麼。

譚子明看到三人空著手回來，心中難免失落，看來這次的任務終究還是以失敗告終。羅獵來到他面前準備向他解釋，譚子明淡然笑道：「你們平安回來就好，其他的事情都不重要。」

羅獵將那掛件在譚子明眼前晃了晃道：「也算是不負所托。」

譚子明目瞪口呆地望著這小小的掛件，綁匪信中所繪製的棺槨和此物幾乎一模一樣，可這大小相差也實在是太大了，譚子明將信將疑道：「當真是這東西？」

羅獵道：「應該不會有錯。」

譚子明鬆了口氣道：「那最好不過。」他頭腦靈活，馬上猜到此物定不尋常，小聲問道：「這裡面是不是有什麼玄機？」

羅獵道：「我也不甚清楚。」明華陽所說的秘密他必須要嚴守，如果譚子明知道這小小的東西暗藏著克制喪屍病毒的辦法，不知會生出怎樣的想法，**一個人一旦掌握了其中的秘密，就等於擁有了莫大的權力，而權力難免會使人腐化。**

譚子明也沒有繼續追問，他鬆了口氣道：「希望這東西能夠將小姐成功解救出來。」

羅獵道：「譚兄，有件事我想問你，這次找我過來幫忙，究竟是你的意思還是別人的意思？」

譚子明道：「我的確這樣想過，不過最初提出這件事的是于廣龍，督軍聽到後，是他讓我過來請你出山的。」

羅獵道：「對我們來說，麻煩可能僅僅是一個開始。」

蔣紹雄度日如年，距離綁匪給出的限期只剩下五天了，到現在譚子明一行仍然沒有回來，如果他們無法如期趕回，又或者他們沒有順利找到那口棺槨，恐怕他這輩子就無法見到自己的女兒了。

譚子明走後，蔣紹雄並未放棄在黃浦的搜捕，動用方方面面的關係，幾乎將黃浦搜了個遍，嫌疑犯也抓了不少，可是仍然沒有女兒的半點消息。就在蔣紹雄煎熬得如同熱鍋上的螞蟻之時，譚子明終於回來了。

譚子明這次是獨自回來的，不但蔣紹雄給他配備的炮艇沒有回來，甚至連一個士兵都沒有跟著歸來。譚子明從虞浦碼頭登陸，他不敢聲張，悄然來到了督軍府。

蔣紹雄看到突然現身的譚子明，激動地迎了上去，抓住譚子明的肩頭迫不及待地問道：「子明，情況怎麼樣？」

譚子明將這次前往蟒蛟島的情況簡單說了一遍，只是關於喪屍病毒的一節略去不談，這也是他和羅獵幾人商量之後的決定，至於炮艇和其他士兵，就說海上遭遇風暴沉默，人員多半都已經死亡，如果不是海龍幫派人救了他們，可能會全軍覆沒。

雖然損失巨大可蔣紹雄並不在意，他最為關心的還是譚子明是否完成了任務。

譚子明將羅獵給他的掛件遞給了蔣紹雄。

蔣紹雄看到興師動眾到最後居然是尋找那麼一件小東西，也有些不能置信，可看這掛件的形狀和綁匪寄來的圖形相符，正在端詳之時，電話響了，警衛拿起電話，向蔣紹雄道：「督軍，是小姐！」

蔣紹雄聞言趕緊起身，接過電話，卻聽到電話那端傳來女兒蔣雲袖抽抽噎噎的哭聲，蔣紹雄道：「雲袖別哭，你在什麼地方？我這就去接你。」

譚子明一旁聽著心中暗奇，自己剛剛返回，那些綁匪居然就知道了。

蔣紹雄放下電話，向譚子明道：「去備車！」

誰都沒有想到這次的劫案會是這樣的結局，被劫持多日的蔣雲袖居然自行回來了，這讓譚子明的出海成為了一場無用功，既然蔣雲袖安然返回，自然用不著再和劫匪談條件，更用不著拿掛件去交換。

譚子明所持有的掛件只是一個精巧的複製品，真正的還在羅獵的手中。在蔣雲袖安然回到督軍府之後，譚子明馬上將這件事通知了羅獵，羅獵幾人都在麻雀家中等著消息，聽到蔣雲袖平安歸來的消息，他們也都吃了一驚。

張長弓愕然道：「劫匪花費了這麼大的功夫，到最後居然放了她？」

程玉菲搖搖頭道：「不是放了她，是蔣小姐趁著劫匪不備自己逃出來的。」

麻雀道：「怎麼可能？她是劫匪的重點監視對象，劫匪怎會如此疏忽？」

程玉菲道：「這件事的確蹊蹺。」

海明珠道：「該不是她自導自演的一幕鬧劇吧？」

麻雀道：「是她自導自演也罷，是她運氣好也罷，總而言之這件事跟咱們沒有多少關係。」

幾人都將目光投向一直沒有發表意見的羅獵，羅獵背身站在窗前，望著窗外的景色，心中卻想著明華陽的那番話。

張長弓道：「羅獵，你怎麼想啊？」

羅獵道：「總而言之她回來不是什麼壞事，我們和督軍之間也沒有什麼利害衝突。」

程玉菲道：「多一事不如少一事，不如這件事就到此為止，我們無需繼續插手。」她起身道：「我去一趟巡捕房，陳昊東的案子已經可以了結了。」

麻雀道：「眼看就中午了，一起吃了飯再去。」

海明珠聽到吃飯二字，頓時乾嘔起來，張長弓慌忙陪著她去了門外，眾人出於關切全都跟了出來，張長弓笑道：「不妨事，明珠孕期反應重了一些。」

程玉菲和麻雀這才知道海明珠有了身孕，紛紛向張長弓夫婦道賀。

張長弓向羅獵道：「我準備帶著她回滿洲。」其實他在來黃浦的途中就已經做出了決定，也和羅獵說過，既然黃浦的事情已經了結，陳昊東也變成了喪屍，留在蟒蛟島上自生自滅，黃浦的危機算是暫時化解，張長弓可以放心離開一段時間了。

羅獵道：「你去吧，這邊反正也沒什麼事情，等我把這裡的事情解決後，也會去歐洲看看女兒。」

言者無心聽者有意，麻雀一旁聽著，心中不由得一沉，她和羅獵之間的關係也許只能走到這一步，羅獵終究還是要回到他的家人身邊，轉念一想，如果不是為了營救自己，他們之間也不會發生那種關係，自己必須要豁達一些，絕不可以因為這件事給羅獵造成任何的困擾。

張長弓陪同海明珠去休息，程玉菲也決定即刻去巡捕房把事情了結，羅獵提出送她過去。

前往巡捕房的途中，程玉菲禁不住看了看羅獵道：「這次出去沒遇到什麼麻煩吧？」

羅獵笑道：「哪有什麼麻煩。」

程玉菲將信將疑道：「你和麻雀是不是有什麼事情？」

羅獵聽她問得直白，面皮有些發熱，他呵呵笑了起來：「怎麼會這麼問？」

程玉菲道：「別忘了我的職業是什麼，你們都在刻意迴避對方的眼神。」

羅獵心中暗歎，自己以為能夠坦然面對，可終究還是做得不夠好。

程玉菲道：「青虹去歐洲之前，專門請我還有麻雀吃過一頓飯，聽她的意思好像是要撮合你跟麻雀在一起呢。」

羅獵道：「玉菲，咱們是老朋友了，別開這樣的玩笑，我沒什麼，麻雀還未嫁人，如果讓她知道難免尷尬。」

程玉菲道：「你比我瞭解她，她這輩子應該是非你不嫁的。」

羅獵實在是有些尷尬了，他有種想要抽煙的衝動，不過還好已來到了法租界巡捕房。程玉菲向他眨了眨眼道：「左擁右抱，齊人之福，不妨考慮一下。」

羅獵苦笑道：「我真不該過來送你。」

程玉菲道：「既然來了就不妨多等一會兒，我去辦完事，再勞煩你開車把我送回去。」

羅獵點了點頭道：「好，我去報社等你！」

法租界巡捕房對過的明華日報就是羅獵的產業，他離開的這段時間都是劉洪根和葛立德在負責打理，見到羅獵回來，兩人趕緊過來相迎，羅獵先詢問了一下最近的經營狀況。

葛立德將明華日報新近的運營狀況稟報了一遍，笑道：「最近有不少過去的老弟兄過來，他們都表示要棄暗投明，我和洪根商量了一下，現在也不敢擅自做主，臨時安排他們在碼頭打工。」

羅獵點了點頭道：「這些事你們看著辦。」在常柴死後，原本黃浦分舵的弟兄各奔東西，畢竟誰都得要生活。

劉洪根道：「羅先生，盜門黃浦分舵其實還有不少的物業，我們最近將這些物業整頓了一下，又盤點了一下要來的欠款，這是帳本，您過過目。」

羅獵道：「不用看了，我現在也不是你們的門主，盜門的事情你們兩人決定就行。」

兩人一聽就急了，葛立德道：「那怎麼能行？在我們心中只服氣您一個，沒有羅先生我們連命都保不住，再說了，黃浦分舵的這些產業和欠帳能夠要回來全都是您的功勞。」

羅獵笑道：「怎麼？合著我幫你們討債還做錯了？」

劉洪根搖了搖頭道：「不是這個意思，現在盜門已經成了一盤散沙，能夠將所有人重新凝聚在一起的人只有您，其他人誰都沒有這個本事。」

羅獵道：「話可不能這麼說，我沒入盜門之前，盜門比現在還要壯大，說起來還是敗落在我的手上，這就證明我不稱職。」

劉洪根道：「羅先生，您是不是覺得盜門見不得光？」

羅獵道：「沒那個意思，只是我的性子你也知道，不適合做這樣的工作。」

劉洪根道：「現在時局動盪人心惶惶，我們的這些弟兄若是缺乏約束，很可能為了謀生去做壞事，越是這種時候越是需要有一個主心骨給咱們指引方向，當初福長老選您當徒弟，又一力舉薦您當門主，不就是害怕盜門落在陳昊東這種人的手裡，帶著大家走邪路，敗壞了祖師爺的名譽。」

葛立德道：「盜亦有道，跟著一位正直明智的門主就可以做好事，反之就會做壞事，搞不好會禍國殃民，遺臭萬年呢。」

劉洪根道：「反正我們就認準了您，只有跟著您才不會走錯路，多做點利國利民的事情，多做點替天行盜的事情。」兩人一唱一和，說得羅獵已經不好推辭了，眼前這種狀況如果自己甩手不幹一走了之的確說不過去，不如暫且應承下來，等到以後找到合適人選再說，更何況白雲飛現在還未現身，此人一日不除始終都是盜門隱患。

羅獵點了點頭道：「也罷，此事暫且放一放，在沒有找到合適人選之前，我暫時先當幾天門主。」

葛立德眉開眼笑道：「您本來就是門主。」

這時候王兆富來了，這廝一進報社就嚷嚷道：「羅先生，羅先生您回來了？小的給您請安來了。」

羅獵看到這廝低頭哈腰地走進辦公室，禁不住笑道：「你不是太監，我也不是皇上，別來舊時的那一套。」

王兆富道：「在我心裡您可比皇上厲害多了，您要是真當了皇上，我甘心在您身邊當個管事太監。」

劉洪根樂道：「王兆富，你這糾察大隊長拍馬屁的功夫也是一流。」

王兆富笑道：「還不是仰仗幾位爺的抬舉。」

羅獵道：「你怎麼知道我回來了？」

王兆富道：「剛剛我在巡捕房，遇到程小姐，所以才知道您凱旋歸來的消息，於是馬上過來給您請安來了。」

羅獵道：「消息夠靈通的。」

王兆富道：「不但是請安，還有其他的事情給您稟報呢。」

羅獵點了點頭，意思是讓他說。

王兆富明白了羅獵的意思，他笑道：「督軍女兒被劫的案子破了，那蔣雲袖自己提供了證詞，說她是被陳昊東的人給抓了，現在法租界和公共租界聯手行動，在整個黃浦清剿陳昊東的勢力，過去和陳昊東交好的那幫人全都慌了神。」

羅獵道：「他能有多少勢力？」在蔣雲袖失蹤之前，陳昊東就已經接近眾叛親離的境地，連一向支持他的梁再軍也跟他翻了臉。羅獵並不認為蔣雲袖失蹤和陳昊東有關，現在看來，陳昊東也只是一顆棄子罷了。

說起來，蔣雲袖的失蹤和回歸同樣蹊蹺。

王兆富道：「本來我也要協同行動的，可我擔心王金民趁機陰我，所以還是先來問問您的意見。」

羅獵道：「這種事情咱們最好別摻和，陳昊東是牆倒眾人推，咱們沒必要湊熱鬧。」

王兆富連連點頭。

劉洪根道：「可陳昊東此前占了不少黃浦分舵的物業。」

羅獵道：「王兆富，這件事你出面去辦。」

王兆富心領神會，立正敬禮道：「卑職馬上去辦。」

王兆富離去不久，程玉菲回來了，她帶來的消息和王兆富差不多，如果說還有新的好消息，那就是劉探長的案子也結案了，此前的幾件懸案全都被算在了陳昊東的頭上，正應了羅獵剛剛說過牆倒眾人推的話，現在的陳昊東已經成為了人人得而誅之的對象。

劉洪根幾人離開辦公室之後，程玉菲歎了口氣道：「天下烏鴉一般黑，他們根本不想知道什麼是真相。」

羅獵問道：「你認為的真相是什麼？」

程玉菲道：「殺害劉探長的真凶是白雲飛，這件事一定和陳昊東無關。」

羅獵道：「你準備繼續查下去？」

程玉菲搖了搖頭道：「不查了，查下去也沒什麼意思。」

羅獵道：「這可不像你的性格。」

程玉菲道：「經過這次的事情我認識到了一件事，在這樣的社會制度下沒有絕對的公正，我無能為力，也改變不了什麼。」她的話中流露出深深的悲哀。

羅獵安慰她道：「公道自在人心，至少我們努力過。」

程玉菲道：「我不及你樂觀。」

羅獵道：「可能是因為最近遇到的事情太多，這樣啊，反正這邊的事情已經暫時完結，你可以給自己放個假，散散心。」

程玉菲道：「我和麻雀約好了，準備一起出去走走。」

羅獵愕然道：「去哪裡？」他並沒有聽麻雀提起過這件事。

程玉菲道：「歐洲！」她笑著問道：「要不要一起去，你不是想女兒了嗎？」

羅獵的確非常思念小彩虹，可現實卻並不允許他拋下這邊的一切馬上就走，程玉菲的離開應當是要去散心，而麻雀的離開應該和自己有關，自從東山島之後，麻雀就在有意迴避著自己，選擇離開應該是避免彼此相見時的尷尬吧。羅獵其實已經做出了決定，他準備向葉青虹坦陳這件事，如果選擇隱瞞下去，是對葉青虹的不公，也是對麻雀的不公，羅獵感覺命運總是在跟自己開玩笑。

程玉菲起身道：「我走了。」

「我送你！」羅獵站起身來。

程玉菲點了點頭，兩人來到外面的時候，看到一身戎裝的譚子明走了過來，程玉菲笑道：「你來客人了，算了，我自己坐車回去。」

羅獵將車鑰匙遞給她道：「開我車回去吧，反正我也用不著。」他知道譚子明是無事不登三寶殿。

譚子明摘下軍帽，跟程玉菲打了個招呼道：「程小姐好。」

程玉菲道：「譚參謀好，我還有事先走了。」

譚子明笑道：「其實我是來邀請你們一起去督軍府吃飯的，督軍為了小姐的事情非常感謝大家，所以讓我過來請大家過去赴宴，還請大家務必要賞光。」

程玉菲道：「我可沒做什麼，無功不受祿，你們去吧，替我謝謝督軍的好意，我這個人害怕和大官打交道。」

譚子明和羅獵都笑了起來，譚子明其實宴請的主要客人就是羅獵，自然不會勉強程玉菲同去。

譚子明的軍車在下面等著，幾人一起出了報社的大門，程玉菲開著羅獵的車離去，譚子明和羅獵並肩望著程玉菲遠去，他笑道：「上車吧！」

羅獵道：「該不是就請了我一個？」

譚子明點了點頭道：「督軍特地讓我過來請你的。」

羅獵歎了口氣道：「你們這些當官的就是虛偽。」通過這次的經歷，兩人之間的友情深厚了許多。

譚子明哈哈大笑道：「你可是法租界華探督察長。」

羅獵上了車，兩人都在後座坐下，羅獵抬起手腕看了看時間，下午四點，距離晚餐還早，他意識到督軍找自己應該不只是吃飯那麼簡單。

譚子明拿出一盒煙遞給他，羅獵示意自己不抽。譚子明也不抽煙，搖下了一半車窗，望著外面熙熙攘攘的人群道：「聽說蒙佩羅就要走了。」

羅獵道：「還有十多天吧，不過新任領事還沒有抵達黃浦，就算來了，可能還需要一段時間交接工作，他大概還要多留一段時間。」

譚子明道：「知不知道新來的領事是誰？」

羅獵道：「聽說叫萊頓。」

譚子明道：「他和督軍關係不錯。」

羅獵有些詫異，在目前的時代背景下，跨越兩大洲的友情極其少見。

譚子明解釋道：「督軍曾經前往歐洲參加過軍事培訓，而這位萊頓就是他在培訓班的同學。」

蔣紹雄的氣色明顯好了許多，人逢喜事精神爽，女兒平安歸來，心中的石頭總算落地，他在黃浦也漸漸站穩了腳跟，新近又得到消息，新任法國領事是他在歐洲軍事訓練營的老同學，可謂是好消息接連不斷。

蔣紹雄今日在家中並未穿軍裝，很少有地穿上了長袍馬褂，只不過他常抽的雪茄仍未離手，他親自在門前迎接了羅獵，表現出對羅獵的足夠禮遇。

羅獵也沒有空手前來，途中特地去王家沙買了幾盒點心，禮物雖輕，可畢竟代表了一番心意。

蔣紹雄笑道：「羅先生，今日邀請你過來有些唐突，其實早就想請你過來，當面向你致謝。」

羅獵微笑道：「督軍客氣了，區區小事何足掛齒，其實此事我可不敢居功，小姐的事情我並未幫上太大的忙。」

兩人說話的時候，一身粉色西式長裙的蔣雲袖從樓梯上走了下來，她先叫了聲爹地，然後來到羅獵的面前主動向他伸出手去：「羅先生，聽說您為我做的事情了，謝謝您！」

羅獵和蔣雲袖打過的照面不多，只知道她是個嬌氣的千金小姐，其他的印象就是此女可能閱歷不豐，否則又怎會被陳昊東這種貨色給利用，按照西式的禮節，羅獵行了吻手禮，目光趁機打量了一下蔣雲袖，發現蔣雲袖清秀的臉上並沒有任何的傷感，也沒有找到劫後重生的惶恐。

羅獵心中暗自奇怪，畢竟陳昊東是她的未婚夫，在陳昊東被宣佈死亡之後，按照常理蔣雲袖在感情上應當會受到一些影響，看起來她平靜得很，平靜得不像是死了未婚夫，更不像是一個被劫持了近一個月，剛剛逃出生天的人質。

蔣紹雄邀請羅獵坐下，蔣雲袖在他的身邊坐了，挽著父親的手臂道：「羅先生，我聽說您這次是和陳昊東一起出海的？」

羅獵點了點頭，蔣雲袖開門見山的問起陳昊東的事也在情理之中：「是！」

蔣雲袖道：「你是不是親眼看到他死了？」她的語氣中沒有半分的感情，反而透出一股陰森的寒意。

羅獵道：「他死了！」羅獵並沒有撒謊，雖然他並未看到陳昊東身首異處，可是陳昊東在感染喪屍病毒之後，已經成為一具行屍走肉，他和其他感染者一樣，都留在蟒蛟島自生自滅，就算仍然還在人世，也等於死了。

蔣雲袖道：「這我就放心了。」她起身道：「我去廚房看看。」

她離去之後，蔣紹雄歎了口氣道：「我這個女兒此番受到了不小的刺激，她對陳昊東那混帳一往情深，卻想不到陳昊東竟然如此卑鄙無恥，讓人綁架她。」

羅獵一直都不相信陳昊東會綁架蔣雲袖，他接過傭人遞來的茶喝了一口道：「陳昊東為什麼要綁架蔣小姐？」

蔣紹雄道：「還不是想逼我幫他做事。」

羅獵並沒有繼續追問，可他仍然不相信蔣紹雄的說辭，蔣雲袖的失蹤和歸來都非常奇怪。羅獵道：「其他的劫匪是不是找到了？」

蔣紹雄搖了搖頭道：「雲袖逃出來之後，他們肯定不會再待在原地等著我們去抓，我派人過去的時候，人已經全都逃走了。」

羅獵道：「督軍位高權重，在黃浦這個地方，總會有人抱著不良的動機，督軍還需多加小心。」

蔣紹雄感歎道：「經過這次的事情，我也意識到，這黃浦看似歌舞昇平，實則暗藏危機。」

此時蔣雲袖招呼他們去吃飯，蔣紹雄雖然沒有在外面的酒店訂飯，這次在家裡宴請卻表現出他並未將羅獵當成外人，羅獵從蔣紹雄的言談和態度也已經看出他對自己有拉攏的意思。

蔣紹雄道：「我聽說你和現任法國領事蒙佩羅是好朋友。」

羅獵笑道：「我妻子曾經是他的學生。」

蔣紹雄道：「蒙佩羅任期將滿，他的接任者是我的老同學。」

羅獵道：「以後還要多多仰仗督軍關照。」他只是出於客氣才這麼說。

蔣紹雄道：「那是自然，在我心中早已將你當成了自己人。」

羅獵在督軍府待到晚上九點方才離開，譚子明送他回去的路上，羅獵道：「蔣小姐有沒有提起她這些天的經歷？」

譚子明道：「倒是說了，不過也沒什麼大不了的事情，綁匪也沒有為難她，就是將她關在小黑屋裡面，每天準時給她送飯。」

羅獵道：「那個掛件你給督軍了？」

譚子明道：「小姐要了過去，說是要留個紀念。」

羅獵道：「你有沒有覺得蔣小姐這次回來發生了一些變化？」

譚子明想了想道：「還好吧，她畢竟經歷了那麼大的變故，性情上有些改變也是正常。」

羅獵道：「你也認為是陳昊東綁架了她？」

譚子明沉默了下去，他當然不會這麼認為，這件事根本禁不起推敲。陳昊東這樣做動機何在？對他自己又有什麼好處？如果當真是陳昊東所為，那麼他的腦子一定是壞掉了。

羅獵道：「這次出海發生的事情一定要嚴守秘密，千萬不要告訴其他人。」

譚子明道：「督軍的意思你明白嗎？」

羅獵點了點頭道：「明白，督軍是想讓我幫他辦事。」

譚子明道：「是合作。」

羅獵笑了起來：「我只不過是一個普通人，督軍位高權重，為何會跟我合作？」

譚子明道：「你是法租界華探督察長。」

「虛名而已。」

譚子明道：「你還是盜門門主吧？」

羅獵道：「過去的事情了。」

譚子明道：「你不是普通人，督軍既然想跟你合作，就因為看上了你的實力。」

羅獵道：「我沒什麼野心，更沒什麼宏圖大志。」

譚子明道：「那就是拒絕了？」

羅獵道：「譚兄，你親眼見到了那些喪屍，你應該知道這個世界還有許多普通人無法看到的威脅，我之所以選擇留在黃浦，是因為有些事情還沒有處理完。」

譚子明歎了口氣道：「我對督軍這個人還是非常瞭解的，他想做的事情就一定會去做。」

羅獵道：「野心往往會蒙住一個人的心智。」

譚子明道：「你放心吧，我會把你的意思轉告給督軍，會解決好這件事。」

羅獵道：「謝謝！」

譚子明道：「你是不是懷疑小姐有問題？」

羅獵猶豫了一下，終於還是點了點頭道：「是！」

譚子明道：「我總覺得你有些事並沒有向我透露實情。」

羅獵道：「有些事你還是不要知道的好，不過有句話作為朋友我還是應當奉勸你，伴君如伴虎，你也要多加小心。」

或許譚子明的斡旋起到了作用，蔣紹雄再也沒有向羅獵提起合作的事情，黃浦在經歷一系列層出不窮的麻煩之後，居然太平了起來，蒙佩羅在任期滿之後，並沒有按照慣例多待一段時間，和新任領事進行交接，而是在期滿之日直接離開了黃浦，蒙佩羅的離開非常低調，既沒有歡送會，也沒有和任何人道別。

蒙佩羅在碼頭下了車，仍然轉身回望了一眼黃浦，這裡算得上他的福地，在任的幾年間，他已經積累了許多的財富，這些財富足夠他和家人後半生衣食無憂。可蒙佩羅對黃浦已經沒有了留戀，他也做好了回去退出政壇的準備。

妻子催促蒙佩羅上船的時候，蒙佩羅的視野中卻出現了一個熟悉的身影，想不到羅獵居然過來給他送行，在這裡見到羅獵，蒙佩羅內心中五味雜陳，他們之間有過合作也有過威脅，蒙佩羅之所以急於離開黃浦，其中一個原因就是不想活在羅獵的要脅之下，當然他們之中的不愉快是他首先造成的。

羅獵微笑向蒙佩羅走來，他將一個皮箱遞給了蒙佩羅，蒙佩羅詫異道：「什麼？」

羅獵道：「走得那麼匆忙，跟我這個老朋友也不打聲招呼？」他指了指皮箱道：「裡面有我和青虹送給你的禮物，回到國內之後別忘了去葡萄酒莊。」

蒙佩羅心中一熱，雖然他們有過不愉快，可是羅獵夫婦還是信守承諾的，他們並沒有虧待自己，蒙佩羅道：「你為什麼不離開這裡去歐洲？」

羅獵道：「這裡才是我的家啊，故土難離，你不也是一樣？」

蒙佩羅道：「我們不同，歐洲那邊和平安定，你們這裡……」他撇了撇嘴，雖然這裡地大物博，民風淳厚，可正因為這一點，世界各國紛紛將目光投向這裡，想盡辦法掠奪這裡的資源，蒙佩羅並不認為這樣有錯，這個世界就是如此弱肉強食，勝者為王。

羅獵道：「這個世界上沒有永遠的安定與和平，所以一定要珍惜現在的生活，你說是不是？」

蒙佩羅笑了起來，臨行之前他給羅獵一個忠告：「新任領事並不好相處，他為人非常的貪婪。」提到貪婪這兩個字，蒙佩羅感到有些不好意思，其實他自己何嘗不是，但是他認為萊頓比起自己要變本加厲。

羅獵道：「我沒打算跟他相處。」

蒙佩羅道：「你們中國人有句老話，一朝天子一朝臣，在黃浦你和我的關係眾所周之，我擔心他會對你不利。」

羅獵笑道：「看來這位新任領事跟您好像有過節？」

蒙佩羅反正要走了，他也不再隱瞞什麼，點了點頭道：「不錯，的確有些過節，我希望不會因為我而給你造成不良的影響。」

「謝謝！」

蒙佩羅和羅獵握了握手道：「有機會的話，來歐洲找我，去葡萄酒莊，我會用最好的酒來招待你。」

羅獵哈哈大笑道：「一定有機會。」他和蒙佩羅揮手告別。目送蒙佩羅登上輪船，羅獵回到了車內，劉洪根道：「羅先生，梁再軍約您九點半在春熙茶樓喝早茶。」

羅獵點了點頭，抬起手腕看了看錶，現在過去剛好來得及，他輕聲道：「走吧！」

梁再軍這次主動邀請羅獵喝茶是為了向他示好，不過羅獵總覺得梁再軍的動機沒有那麼單純，他已經查出梁再軍和日本人過從甚密，此人的背後有日本人為他撐腰，原本羅獵的第一反應是想要拒絕，可轉念一想，當面見見梁再軍試探一下他的口風，看看此人的真正目的是什麼。

蒙佩羅離去之後的法租界必然會出現權力的重新洗牌，羅獵對爭權奪利並無任何的興趣，可是自從蟒蛟島回來之後，困擾他的又多了一件事，明華陽的出現證明，艾迪安娜已經通過時空之門來到了這個時代，此女野心勃勃，她不會甘於沉寂的。羅獵必須要將此事解決，而且不能仰仗任何人，在這個世界上，如果還有人能夠解決這個麻煩，那個人只能是他自己。

羅獵遲到了十分鐘，這對向來守時的他來說很不尋常，不過羅獵的遲到是故意的，他故意考校一下梁再軍的耐心。

梁再軍這次見到羅獵明顯帶著討好的意味，聽說羅獵到來，馬上起身去門前相迎，抱拳道：「羅先生早！」

羅獵笑道：「梁館主勿怪，剛剛趕去碼頭送一個朋友，所以耽擱了一會兒。」

梁再軍笑道：「羅先生能來已經很給面子了。」

「客氣，客氣！」

兩人落座之後，梁再軍讓人送上茶點，又沏了一壺明前龍井，笑眯眯道：

「這龍井是我讓他們特地準備的，羅先生嘗嘗。」

羅獵端起茶盞，嗅了嗅茶香，品了口清香四溢的龍井，茶香在喉頭縈繞許久，餘味悠長，羅獵讚道：「好茶！」

梁再軍道：「羅先生喜歡就好。」

羅獵笑道：「梁館主今天該不是只為了請我喝茶那麼簡單吧？」

梁再軍呵呵笑道：「羅先生是爽快人，跟您說話真是讓人愉快。」

羅獵緩緩放下茶盞道：「你我之間過去也算得上是淵源頗深，衝著過去的同門之誼，拐彎抹角就顯得虛偽了，有什麼話還是直說得好。」

梁再軍道：「我聽說陳昊東是和羅先生一起出海的。」

羅獵點了點頭道；「是，聽督軍說，他是主動要求上船，要和我們一起去救蔣小姐。」

梁再軍道：「看來你們的情報有誤，蔣小姐一直都在黃浦。」

羅獵望著梁再軍意味深長道：「陳昊東雖然死了，可並不代表著督軍不再追究這件事，梁館主和陳昊東相交莫逆，這種敏感時刻還需多加小心。」

梁再軍搖了搖頭道：「我和陳昊東的交情還是當年在盜門的時候，現在我已經不再是盜門中人，自然不會再跟他來往。」

羅獵心中暗笑，這梁再軍忙著撇開關係，果然所有人都不想被陳昊東連累。

梁再軍道：「您應該知道，陳昊東這個人做事不講情面，凡事首先想的都是他自己的利益，楊超是我的弟子，都差點死在了他的手裡。」

羅獵道：「說起這件事，我一直都覺得，楊超是你救走的。」

梁再軍否認道：「羅先生，我現在遵紀守法，別說是劫獄，現在連小偷小摸的事情都沒有做過，我已經徹底金盆洗手退出江湖了，就是依靠武館授業為生。」

羅獵道：「你別緊張，楊超是你的徒弟，當師父的總不能坐視不理，再者說了，你和陳昊東之間生出芥蒂，也不就是因為這件事上產生了分歧？」

梁再軍面露尷尬之色：「羅先生，我的確是很疼他，也想救他，可是我一個開武館的能有什麼本事？黃浦的頭面人物，誰又肯給我面子？」

羅獵道：「梁館長今天找我，就是為了解釋這件事？」

梁再軍道：「我是擔心羅先生誤會，所以才想當面向您解釋一下，畢竟我過去也是盜門中人，就算現在離開了盜門，我也不可能倒戈相向，幫著外人來對付過去的兄弟，您說對不對？」

羅獵道：「常柴的死你有沒有參與？」

梁再軍頭搖得跟撥浪鼓似的：「我發誓，我和他的死沒有半點關係。」

「話不能說得如此絕對，有證據表明常柴的死和楊超有關，楊超是你最心愛的徒弟，你總不可能一點風聲都沒聽到吧？」

梁再軍道：「我發誓，我絕不知道這件事。」他看出羅獵在步步緊逼，狡猾地岔開話題道：「羅先生，警方不是已經結案了嗎？說這件事是陳昊東幹的，是他的個人行為。」

羅獵笑道：「這麼緊張幹什麼？我又沒說這件事是你做的。」

梁再軍苦笑道：「我和常柴無怨無仇，過去還是一個門中的弟兄，我怎麼可能對他下此辣手？」

羅獵道：「警方雖然結案，陳昊東也已經死了，可作為盜門中人，我必須要將此事查個水落石出，有件事我能確定，楊超肯定參與了這件事，如果我查出這件事跟他有關，梁館長該不會護短吧？」

梁再軍道：「如果這件事當真是他做的，就算羅先生不管，我也不會放過他。」他裝腔作勢，心中卻開始不安了。

羅獵道：「那好，我會動員門中的弟兄，發出江湖通緝令，就算找遍天涯海角，也要將楊超找出來。」

梁再軍內心一沉，羅獵絕不是說說罷了，他是盜門門主，盜門的勢力梁再軍是清楚的，現在有風聲，羅獵已經答應復出主持大局，盜門此前雖然處於群龍無首的狀況，可畢竟數千年的基業根深蒂固，有羅獵帶頭必然會迅速團結，如果出現這樣的狀況，盜門很快就會恢復元氣，以盜門的勢力範圍，抓一個楊超還不容易？

梁再軍內心正在煩亂之時，羅獵道：「最近我讓人清理了一下盜門的帳目，你雖然離開了盜門，可當年在黃浦分舵的一些帳目並沒有搞清楚，改日我會讓人去登門跟你算一下。」

梁再軍頭皮一緊，還沒到秋後啊，怎麼羅獵就開始跟自己算帳了，他勉強擠出一絲笑容道：「應當算清楚，應當算清楚。」

羅獵道：「振武門的那塊地也是盜門的。」

梁再軍道：「可是那塊地是我個人出錢買下來的。」

羅獵道：「你個人出錢買下來不假，可當時收購那塊地的價格比正常市價低了七成，也就是說你只花了三成不到的價錢就買到了那塊地。」

梁再軍越來越頭疼了，他有些後悔提出這次見面了，羅獵不好對付他是知道的，可是他並沒有想到羅獵會把這麼多年以前的事情查出來，這件事已過去了好多年，羅獵不說甚至連他自己都忘了。

梁再軍道：「這件事你可能不清楚，當年……」

「當年你還是黃浦分舵舵主，越是如此，處理門中物業越是要謹慎，你現在雖然不是盜門中人，可並不代表你無需對過去的事情負責。」

梁再軍道：「當年也不是我具體處理這件事，我回去好好查查。」

羅獵笑道：「不用查，盜門有盜門的規矩，這些規矩您應該是知道的，我給您三天的時間，希望梁館主能給我一個交代。」

梁再軍也不是尋常人物，他點了點頭道：「我回去馬上就查，如果這件事真是像羅先生所說的那樣，我會讓他們馬上按照當時的市價補足地款，決不讓盜門遭受損失。」

羅獵道：「當時是當時，現在是現在，單單是補足二字恐怕交代不過去。」

梁再軍聽出羅獵不會善罷甘休，呵呵笑道：「羅先生做事真是認真。」

羅獵道：「這世上最怕的就是認真二字。」他站起身來，向梁再軍告辭。

梁再軍被他整這麼一齣，心情搞得一團糟，甚至都沒有送羅獵出門。

羅獵回到車上，一直在等著他的劉洪根道：「這麼快？」

羅獵笑道：「跟他這種人犯不著耽擱時間。」

劉洪根道：「他跟日本人走得很近。」

羅獵道：「今天他找我估計是想緩和關係，說服我們和日方合作，可惜我沒給他說話的機會。」

劉洪根笑了起來：「對了，黃啟義對他們的事情比較瞭解，要不要我找他來問問？」

羅獵道：「過兩天吧。」再有幾天就是清明節，羅獵在黃浦給福伯辦了一個追思會，到時候盜門各大分舵的頭面人物都會雲集黃浦，黃啟義是喇叭口黃家的後人，和盜門淵源頗深，羅獵也讓人給他送去了邀請。

劉洪根點了點頭，準備開車的時候，卻見梁再軍此時又從茶樓內趕了出來，劉洪根道：「他追出來了，看來還有話說。」

羅獵沒有下車，只是將車窗向下搖了一半，梁再軍朝他笑了笑：「羅先生走得真快，我想送您都跟不上您的步伐。」

羅獵道：「不用客氣，我還有要緊事先走了。」

梁再軍道：「有個叫陸威霖的人您認得吧？」

羅獵心中一怔，抬頭看了看梁再軍，梁再軍滿臉堆笑道：「我記得他是羅先生的朋友。」

羅獵點了點頭道：「不錯！」心中已經猜測到梁再軍想要在這件事上製造文章。

梁再軍道：「我也是最近聽到的消息，不知準不準確，據說有個叫陸威霖的人涉嫌刺殺日本高官被抓，既然羅先生是他的朋友，我覺得有必要告知您一聲。」

羅獵道：「謝了！」

梁再軍笑道：「舉手之勞，畢竟大家同門一場。」

羅獵示意劉洪根開車離去，劉洪根眼角的餘光看到羅獵的一雙劍眉皺起，低聲道：「此人的話未必可信。」

羅獵道：「寧信其有莫信其無，梁再軍想要利用這件事跟我討價還價。如果我沒有逼他交出那塊地，他恐怕還不會將這張牌露出來。」羅獵已經很久沒有陸威霖的消息，他對自己的這位老友是非常瞭解的，陸威霖是個激進的愛國者，他贊成採用一切的極端手段來對付外來入侵。

劉洪根道：「我馬上去找黃啟義，讓他幫忙查查這件事。」停頓了一下道：「黃啟義一直都在對付日本人，對日方比我們要瞭解。」

羅獵點了點頭道：「好的，這件事交給你，一定要儘快落實消息。」

劉洪根道：「放心吧。」

羅獵又怎能放心得下？陸威霖是和他一起出生入死的兄弟，如果陸威霖遇到麻煩，他絕對不會坐視不理，羅獵回去之後又聯絡了譚子明，讓譚子明幫他調查這件事。

梁再軍拋出這個消息的目的就是要震懾羅獵，讓他投鼠忌器，在梁再軍最開始的計畫中並沒有陸威霖這一節。正是因為羅獵對他的步步緊逼，讓梁再軍提前祭出了殺手鐧。

羅獵最討厭別人用自己兄弟的性命來威脅自己，如果陸威霖被捕一事屬實，他會儘快將老友救出來，可如果梁再軍是在故布疑陣，虛張聲勢，羅獵也不會輕饒了他。

第九章

兔死狗烹

梁再軍心中明白，自己對船越龍一已經沒有太多的價值，
否則他也不會如此對待自己，兔死狗烹，鳥盡弓藏，
梁再軍這個老江湖對此並不陌生，
面對船越龍一這樣龐大的勢力他根本就無法與之對抗。

船越龍一在聽聞梁再軍和羅獵的見面細節之後，禁不住有些頭疼，他高估了梁再軍的智慧，只是少叮囑了一句，梁再軍就已經將這麼重要的消息透露了出去，當然陸威霖被抓的消息也不是要永遠保密，只是船越龍一還沒到利用這件事的時候。

梁再軍並不認為自己做錯了事，他憤憤然道：「船越先生，您是沒有見到他那個囂張的樣子，他要把振武門的地皮給收回去，還要跟我算過去的那筆帳。」

船越龍一皺了皺眉頭道：「振武門跟他又有什麼關係？」

梁再軍歎了口氣，又將過去的那些事說了一遍，他曾經是盜門黃浦分舵的舵主，在盜門陷入一片混亂的時候，自然利用手頭的權力為自己謀取了一些私利，可不是他一個人這麼幹，樹倒猢猻散，群龍無首的狀態持續了這麼久，人心思變也是很正常的事情。

船越龍一道：「羅獵重新領導盜門，以後你的麻煩肯定不少。」

梁再軍沒說話，可心中卻明白船越龍一說的都是實情，見面時羅獵的態度就已經表明了一切，如果不是船越龍一讓自己去主動接觸羅獵，希望能夠找到合作的機會，他是不會主動去的，現在碰了一鼻子的灰，他甚至認為如果自己沒有主動約羅獵見面，羅獵甚至想不起振武門的事情，現在所有的麻煩都是船越龍一找來的。

梁再軍道：「我對羅獵這個人還算是有些瞭解的，他不會跟您合作，這個人自視甚高，目空一切。」

船越龍一聽到他的這番話忍不住笑了起來：「你瞭解他？真要是這樣再好不過，只可惜你連陳昊東都不瞭解。」望著梁再軍的雙目中充滿了鄙夷。

梁再軍因他的鄙夷而憤怒，可又不敢在他的面前發作，他忍氣吞聲道：「羅獵已經重新出來領導盜門，他很快就會以門主的身分在黃浦召開會議，試圖將盜門重新整合起來，以我之見，應該在他羽翼未豐之前將他除掉，一旦等到他將盜門整合完畢。再想對付他恐怕就困難了。」

船越龍一道：「看來你已經有了主意。」

梁再軍道：「陸威霖是羅獵的好友，他現在既然在您的手上，利用好這張牌就能將羅獵置於死地。」

船越龍一道：「你在教我打牌？」

梁再軍聽出他的不悅，乾咳了一聲道：「我只是建議。」

船越龍一道：「我能夠幫你救出楊超一次，卻保不住他一輩子，你最好讓他乖乖聽話，永遠不要回來黃浦。」

梁再軍連連點頭道：「是，是，我一定會告訴他……」

船越龍一道：「永遠不要低估羅獵。」

梁再軍沒有料到羅獵的出手竟然會如此迅速，在他回到振武門的時候，昔日黃浦分舵的帳房老劉已經登門，梁再軍還沒有成為黃浦分舵舵主之時，老劉就已經成為帳房。可以說他在分舵的地位舉足輕重，梁再軍離開分舵之後和他就少有聯絡，因為有了此前和羅獵的會面，見到老劉，梁再軍心中就有了回數。

老劉尊稱了一聲梁館主，然後就打開天窗說亮話，把自己前來的目的說了個清清楚楚。

梁再軍道：「這件事我已經跟羅獵說過，地是我個人出錢買下來的，現在屬於我個人的私產，和盜門無關，而且我現在也已經離開了盜門，不再是盜門中人，無需為你們盜門中的事情負責。就算告到法庭之上，我也拿得出合法憑證。」

老劉道：「您個人出錢買下不假，當年的交易憑證也不假，就算在法律上沒有任何的漏洞，可在盜門卻說不過去。」

梁再軍冷笑道：「難不成合理合法的事情到您這兒就說不過去了？」

老劉道：「羅先生說了，國有國法，家有家規，就算是國法上能說過去，可盜門的門規容不得損公肥私的事。」

梁再軍提醒他道：「別忘了，當年這樁交易你是知情的。」

老劉道：「正因為我知情，所以才知道這樁交易不合規矩，我的錯我會承擔，可我也提醒您，羅先生不會因為您離開了盜門這件事就此甘休，門中那麼多的兄弟也不會咽下這口氣。」

梁再軍道：「那就是威脅我了？」

老劉微笑道：「不敢，我只是傳個話，羅先生說了，三天就派人收回物業，您當年用來購買這地兒的錢會一分不少的還給您，至於您用了那麼久，租金也就算了，只當抵了您這筆錢的利息。」

梁再軍恨恨點了點頭道：「他倒是算得仔細，聽起來反倒是我占了你們的便宜。」

老劉道：「反正話我都給您帶到了，何去何從您自己選擇。」他起身準備離去。

梁再軍叫住他道：「老劉，你我畢竟也算是相識多年，我為何要離開盜門，你心裡最清楚。」

老劉道：「看在相識多年的份上，我給您一個忠告，中華是咱們的根，盜門是咱們的家，有道是子不嫌母醜，狗不嫌家貧，人就算再怎麼也不能把自個的根本給忘了。」

梁再軍道：「你在教訓我？你憑什麼教訓我？我為盜門流血流汗，立下多少功勞，可最後又得到什麼？用得上你來教訓我？」

老劉笑眯眯道：「我只是過來知會您一聲，教訓你的另有他人！」

梁再軍很快就明白了老劉這句話的真正意思，還沒有等到三天的最後期限，就傳來楊超被抓的消息，楊超在羊城被抓，而且抓他的並非員警，而是盜門。梁再軍此時方才想起盜門這千年傳承的門派果然非同一般，雖然幾經分裂，暫時處於低潮，可瘦死的駱駝比馬大，只要動作起來，其實力仍然深不可測。

如果楊超落在警方的手裡應該還有一線生機，可現在落在了盜門手裡，單單是殘害本門兄弟這一項罪狀就足以讓他死無葬身之地。

梁再軍再次去拜會了船越龍一。

船越龍一身和服默默擦著他那柄明如秋水的太刀，梁再軍從他的背影就感到一種莫名的壓迫感，垂手站在一旁，斟酌了半天方才打破沉默道：「船越先生，這次您真得幫幫我。」

船越龍一仍然專注地擦著太刀，不以為然道：「不是已經幫過你好多次了？」

梁再軍道：「楊超被盜門給抓了。」

船越龍一道：「此前我就提醒過你，讓他走得越遠越好。」

梁再軍道：「我的確交代過他，可是盜門的勢力遍佈大江南北，我也沒有料到他居然會這麼快就被抓。」

船越龍一道：「看來他命中註定有此一劫。」

梁再軍看到船越龍一如此漠然，不由得有些慌了；「船越先生，現在只有您才能救他了。」

「怎麼救？」船越龍一反問道。

梁再軍道：「用陸威霖換他一命。」

船越龍一冷冷望著梁再軍，這廝真是不知好歹，在他心中楊超的性命和陸威霖等值嗎？應該是等值的，船越龍一道：「楊超不止是你徒弟那麼簡單吧？」

梁再軍道：「還請船越先生念在我對您忠心耿耿的份上，救他一次。」

船越龍一道：「我幫過你了，不會幫你第二次。」他這番話說得斬釘截鐵，斷無半分的迴旋餘地。

梁再軍看到他的表情已經知道船越龍一心意已決，他抿了抿嘴唇道：「船越先生當真不肯相助？」

船越龍一道：「今日之事完全是你咎由自取，當初我派人將他救出來已經還了你的人情，你們自己捅出了漏子，還把陸威霖的事情洩露了出去，我沒有追究都已經是對你網開一面。」

梁再軍心中明白，自己對船越龍一已經沒有了太多的價值，否則他也不會如此對待自己，兔死狗烹，鳥盡弓藏，梁再軍這個老江湖對此並不陌生，可發生在自己的身上仍然感覺到無法接受。雖然無法接受卻不得不接受，面對船越龍一這樣龐大的勢力他根本就無法與之對抗。

梁再軍思來想去，既然日本人不願意幫助自己，他剩下的只有一條路，那就是向羅獵低頭。在他目前還有資格和羅獵討價還價之時，他可以利用陸威霖的情報來換取最大的利益。

梁再軍先跟羅獵打了個電話，羅獵答應和他在報社見面，從羅獵的態度，梁再軍認為這件事或許還有一定的緩和餘地。

汽車在黃昏的街道上行進，外面的晚霞絢爛，車內梁再軍的臉色卻沉浸在一片陰鬱之中，最理想的狀況是他能夠將振武門和楊超全都保下來，而最壞的狀況至少他也要將楊超保下來，連船越龍一都已經知道了他和楊超非同一般的關係，這件事應該瞞不過羅獵的。

他甚至懷疑羅獵早就知道，所以才會選擇楊超下手。

司機突然急剎，卻是前方出現了一個報童飛快從車頭前奔過，幸虧他剎車及時，不然這報童已經被他碾壓在車輪下。

梁再軍皺了皺眉頭，他斥責道：「怎麼開車的？」

司機一邊說著對不起，一邊推開車門下去查看那報童的傷勢，可當他靠近那報童的時候，報童陡然從懷中抽出了一把手槍，瞄準司機就是一槍。

梁再軍聽到槍聲的時候第一時間想要尋找隱蔽，可是從圍觀人群中也出現了一個帶氈帽的男子，舉槍對準車內的梁再軍就射，現場一片驚慌，等巡捕趕到的時候，現場只剩下了兩具屍體。

對黃浦而言這樣的街頭仇殺很常見，幾乎每天都會發生。可這次卻是新任領事萊頓到達法租界後發生的第一起槍擊案，光天化日之下實施刺殺，更麻煩的是，還被正在逛街的萊頓夫人和兩個女兒看到。

萊頓大為光火，他第一時間將巡捕房的王金民給叫了過去，王金民被罵了個狗血噴頭，他噤若寒蟬地聽完萊頓的痛罵，終於找到機會，提醒萊頓現在負責法租界治安的不僅是自己，還有一位華探督察長羅獵。

萊頓聽說這件事之後，馬上讓王金民通知羅獵過來見自己。

羅獵在前往見萊頓之前就已經聽說了梁再軍遇刺的事情，他推斷出這件事很可能和船越龍一有關，梁再軍不到萬不得已是不會過來向自己低頭的，剛剛打電話約自己見面，在電話中語氣顯得卑微客氣，可在途中就發生了這樣的事情。日方不想陸威霖的秘密輕易暴露，而另外一點又證明梁再軍已經失去了價值。羅獵同時也考慮到了另外的一種可能，梁再軍的死或許會引起振武門弟子的仇恨，而這把火很可能會燒向自己。

羅獵還是第一次面見新任領事萊頓，雖然萊頓已經抵達了黃浦，但是並未正式公開露面，羅獵還沒有找到拜訪他的機會。

蒙佩羅臨走之前曾經奉勸羅獵要謹慎處理和萊頓之間的關係，畢竟他和萊頓之間一直關係不睦，身為被他一手提拔任用的羅獵，自然不會受到萊頓的待見。

萊頓打量著眼前的羅獵，羅獵比他想像中要年輕一些，即使從西方人的角度來看，羅獵都算得上一位英俊的男子。

「您好，領事先生。」羅獵用流利的法語招呼道。

萊頓詫異於他語言的正宗，難怪蒙佩羅會重用他，轉念一想羅獵的妻子是葉青虹，一個中法混血兒，他心中也就釋然了，可能羅獵這口流利的法語就來自於葉青虹的言傳身教。

萊頓道：「不好！」他的表情很冷漠，擺出一副要興師問罪的架勢。

羅獵微笑道：「從遙遠的法蘭西不遠萬里而來，旅途勞累，感覺不好也是正常的，所以我才沒有急著過來拜會，是怕耽擱了領事先生休息。」他一開口就讓萊頓感覺到了他的聰明與世故，這番話說得滴水不漏又避重就輕，萊頓才不相信他不知道自己找他過來的真正原因。

萊頓道：「振武門館主梁再軍在租界遇刺的事情，你聽說了吧？」他沒興趣和羅獵繼續打太極。

羅獵道：「沒有。」

萊頓望著他一臉無辜的面孔，不由得勃然大怒，重重在桌面上拍了一掌，怒道：「你會不知道？你身為法租界華探督察長，居然對法租界剛剛發生的命案不知情？」

羅獵並沒有被萊頓的氣勢嚇住，不慌不忙道：「領事先生，我的確不知道，我雖然是法租界華探督察長，可是這個職位並不在租界的正式編制之內，我是前任領事蒙佩羅所聘任，換句話來說，蒙佩羅先生任滿之後，我的職位自然也就不復存在，萊頓先生找我問詰，是不是打算繼續聘用我為法租界華探督察長？」

萊頓被他給問住了，的確，法租界華探督察長並無先例，羅獵是蒙佩羅所聘，自己壓根就沒打算承認他的位子。他眼珠子一轉，又生出一計，冷笑道：「我還並未正式上任，至少目前你還未正式卸任。」

羅獵道：「華探督察長只是起到監督提醒的作用，這在相關聘書及其職權說明上講得很清楚，我起不了監督巡捕房的作用，至於法租界發生的任何案子，我也沒有執法權。」

萊頓道：「可是我聽說你成立了一支糾察隊。」

羅獵笑道：「看來萊頓先生對租界現實情況的瞭解有所偏差，糾察隊並非是我所成立，是前任領事蒙佩羅先生為了加強租界治安所臨時成立，這支糾察隊從成立到現在沒有花費過貴國一分一毫的財務支出，如果硬要說跟我有關，我只是華商贊助人之一。」

萊頓重新打量著眼前的羅獵，難怪他能夠得到蒙佩羅的信任，難怪他在法租界能夠擁有那麼大的聲望，此人果然不簡單。沉默了一會兒，他已經完全冷靜了下去，抬了抬下頷：「坐！」

羅獵也不跟他客氣，在萊頓的對面坐下。

萊頓道：「我聽說梁再軍在遇刺之前乘車是去見你的。」

羅獵知道這個秘密守不住，連梁再軍的路線都摸得清清楚楚的人，他們肯定會把這件事故意張揚出去，這樣一來疑點就鎖定在了自己的身上。

羅獵沒有否認點了點頭道：「有這回事，他此前跟我通過電話，說想見我，我和他約定在明華日報的報社見面。」

萊頓道：「也就是說你對他的行程非常清楚？」

羅獵從他的話中聽出了步步逼近，誘敵深入的意思，他笑了起來：「萊頓先生剛來黃浦，對這邊發生的事情還不完全瞭解。」他將一張照片放在萊頓面前。

萊頓拿起看了看，東方人的面孔看起來都差不多，他不知道羅獵有什麼用意。

羅獵道：「梁再軍曾經是我的手下，他背叛了我，還讓人陷害了我的一個朋友，您看到的這個人是他的私生子，我故意放出消息，說我抓了他的兒子，以此來跟他交換。」

萊頓道：「你抓了他的私生子？」如此說來兩人的確有仇，不過如果真的像羅獵所說的那樣，他應該不會現在就幹掉梁再軍，除非他不在乎朋友的安危。不過他跟自己說這些幹什麼？難道他不擔心自己利用這件事做文章？

羅獵道：「只是讓他相信人在我的手上。」

萊頓道：「你騙了他，可是他相信了，於是他才準備跟你交換。」

羅獵道：「如果事情當真那麼簡單就好辦了，抓我朋友，他還沒有那麼大的膽子，之所以那麼幹是因為背後有人給他撐腰，所以他想起第一個去找的人也是他的幕後指使。」

萊頓越來越有興趣了：「讓我猜猜，他的幕後支持者一定拒絕了他，所以他迫不得已才去找你直接談判。」

羅獵點了點頭道：「萊頓先生是明白人。」

萊頓道：「如此說來，幹掉他的應該是這個幕後主使，你一定知道是誰。」

羅獵道：「我只是猜測，並沒有證據。」

萊頓道：「說說吧，我很有興趣。」

羅獵道：「萊頓先生是個有大局觀的人，以您的觀點，現在最想取代歐洲幾國在黃浦利益的是誰？」

一個前來擔任法國領事的人不可能不對當地的局勢進行深入的探討，萊頓當然知道是哪股勢力想要取代他們，在他來黃浦之前，就有了一個初步的構想，可無論怎樣計畫，團結黃浦當地的華商都是極其重要的一步，當然這其中並不包括團結羅獵。

萊頓的目光投向一旁的窗戶，已經是夜幕降臨，在自己的故鄉應當是陽光普照吧？兩個不同的大洲，兩種不同的文化，他並不相信羅獵和蒙佩羅會成為推心置腹肝膽相照的朋友，應該是合作吧，利益上的合作。

來自東瀛的力量已經侵佔了滿洲，控制了齊魯半島，在萊頓前來這裡之前，曾經得到總統的特別召見，總統先生就特地提到了這一點，這裡有他們巨大的利益，那股來自東瀛的力量正在日漸龐大，無時無刻不在試圖取代他們。萊頓的任期不會一帆風順，他要團結一切可能的力量，最大限度地保住法蘭西的利益。

羅獵深知萊頓想要的是什麼，尤其是在上任之初，無論哪國人都跳脫不出新官上任三把火的俗套，只要抓住萊頓的根本利益，就能夠把握事情的走向，求同存異，達成新的合作。

萊頓道：「照你這麼說，這件事應該是他們做的。」

羅獵點了點頭道：「可是目前並無證據。」

萊頓道：「任何證據都需要查。」他抬起雙眼看了看羅獵道：「有沒有興趣幫我查清這件命案的真相？」

羅獵道：「不是有王金民探長去查了？」

萊頓道：「雙管齊下才會更快，且這件事需要有效地監督，你說是不是？」

羅獵笑了起來：「既然領事先生信得過我，我會盡全力去做。」他從懷中取出一個信封，輕輕放在萊頓的面前：「我聽說萊頓先生目前還住在領事館，生活多有不便，這是法租界中心一棟房子的地址，一直都空著，我已經讓人打掃乾淨，領事先生不妨去看看。」

萊頓心領神會地拿了過去，他並沒有推讓，羅獵是個聰明人，自己又何嘗不是，剛剛來到這裡，他雖然見過幾個人，可這幾個人加起來的出手都不如羅獵闊綽，他和蒙佩羅有仇，可蒙佩羅已經走了，自己大老遠地從歐洲過來，可不是要專門跟羅獵過不去的，誰還能跟錢有仇？在做好本職工作的同時又能把錢給賺了，何樂而不為之？從羅獵目前的表現來看，那個王金民就算拍馬也趕不上。

用人當然要選有才之人，萊頓的表情已經相當的和善。

羅獵離開之後，驅車返回住處，中途卻去了虞浦碼頭，一個人迎著江風站在碼頭上，望著漆黑的江水，聽著陣陣的濤聲，思緒卻突然回到了多年以前……

夕陽西下，海風漸起，被烈日曝曬了一整日且毫無樹木遮陰的塘沽港碼頭總算能讓人待上一會了。

碼頭上臥著一艘巨輪，輪上高聳著的煙囪正冒著濃濃的黑煙。黑煙表明鍋爐中煤炭的燃燒並不充分，而輪船只有準備起航剛點燃鍋爐時才會發生煤炭燃燒不充分的現象。

巨輪的首舷處用白漆刷寫了五個漢字，「中華皇后號」。這五個漢字給了人們一種錯覺，以為這艘巨輪的所有權屬於大清。實則不然，此巨輪屬於美利堅太平洋船運公司，是為了將美利堅合眾國在大清強掠豪奪來的物資運回大洋彼岸而專門建造的貨輪。

戊戌變法之後，大清朝掀起了洋務運動，朝廷分批次選派了不少的優秀青少年送至歐洲或是美國學習先進知識，上層人士也不再閉關自守，出洋國外長見識開眼見的人亦是越來越多。洋人們開辦的船務公司與時俱進，在貨輪的基礎上加設了一些客運條件，使之成為客貨兩用的越洋輪船。「中華皇后號」便是其中一艘。

一整天過於炎熱的天氣導致「中華皇后號」的貨物裝船發生了延誤，原本計畫於傍晚五時拔錨啟航的計畫改為至五點半鐘才放行遊客登船。登船的客人中有一半是大清朝臣民，雖然仍舊留著獨特的辮子，但身上的穿著卻多是洋人的西裝打扮，女人們更是打扮得花枝招展，即便仍舊穿著一身傳統的旗袍，那旗袍之下，腳上也要蹬著一雙從洋人那兒買來的高跟鞋。

登船的隊伍中有一對老少極為惹眼。老者已有花甲之年，大熱的天頭上居然戴了一頂瓜皮帽，身上依舊穿著一襲長衫，微微沁出細細汗珠的鼻樑上架著一副黑圓鏡框的花鏡。少年約莫有十三四歲，生得一張朗目清眉猶如冠玉的英俊臉龐，身上穿著一件潔白的短袖襯衫以及一條咖啡色的西式短褲，和身邊的老人形成了鮮明的對比。

那少年似乎有些不快，憂鬱的眼神在老人和那艘巨輪之間來回飄盪，一雙薄唇數次張合，一副欲言又止的樣子甚是令人憐愛。

「上了船要照顧好自己，等到了那邊，朝廷會安排人在碼頭上候著，你要乖乖聽話，好好學習，等長大之後，做個對國家有用的人才，莫要走爺爺的老路。」就要登船了，那老者將手中皮箱交到了少年的手上，看來，登船的只有那少年，老者只是前來送行。

少年顯得很委屈，一雙朗目中微微閃爍著淚花，接過爺爺遞過來的皮箱，那少年咬了咬嘴唇，終於開了口：「可是爺爺，我還是不想走，我想留在你身邊讀書識字。」

老者輕歎一聲，微微搖頭，並無言語。

這老者姓羅，名公權，字青石，十九歲中了秀才，三年後又中了舉人，原本仕途一片光明，怎奈他另有志向，多次拒絕了朝廷的入仕相請。那少年名叫羅獵，是羅公權唯一的孫子，自打兒媳病故，孫子沒有了父母照顧，羅公權便將七歲大的羅獵帶在了身邊，平日裡教他讀書識字，也算是給自己做個伴。

羅獵非常聰明，且記憶力超群，羅公權畢生鑽研的各種文字，對少年羅獵來說似乎異常簡單。這讓羅公權很是欣慰，曾有一度時間，他甚至產生了想讓羅獵繼承他衣缽的念頭，畢竟這孩子所展現出來的天賦可謂是五十年難有一遇。但最終，羅公權還是放棄了這個念頭，先是將羅獵送入了洋人和朝廷聯合開辦的中西學堂去學習現代知識，之後又於羅獵年滿十三周歲之時托了些關係，為羅獵爭取到了一個赴北美求學的名額。

目送孫子登上了輪船，羅公權轉身離去，走出碼頭之時，腳下竟然不穩，差點一個踉蹌跌倒在地，勉強穩住了身形，羅公權下意識地轉頭回看，輪船上人頭攢動，哪裡還能看到羅獵的身影。

羅獵登船之後，在船員的引導下，找到了自己的床鋪。

羅公權心疼孫子，為羅獵買的是一等船票。說是一等，其實條件也就一般，一個四平方米不到的艙室，兩側是六十公分寬的上下鋪，兩側床鋪之間，有一個固定了的簡易茶几。羅獵走進艙室時，裡面已經住進了一對男女，正摟抱在一起接吻。男人是個洋人，而那女子，卻是個中國女子。但見艙門打開，那女子強行推開了洋人，原本還想著不好意思地笑上一下，卻見進來的是個少年，便將這不好意思的一笑也省略了，和那洋人繼續摟抱在了一起。

羅獵將手中皮箱扔到了床鋪上，瞥了那對男女一眼，心中罵道：「真是不要臉！」

旅途漫長，如果一切順利的話，需要十日之久方能抵達大洋彼岸，若是途中遇到不良氣候，航程還要延長，十五天，甚至是二十天都有可能。船上不乏娛樂項目，有歌舞表演，還有一個不算是太小的賭場，甚或還有一個游泳池，但這些，對羅獵來說毫無吸引力。他還是個孩子，成人所迷戀的這些娛樂，對他來說卻是無聊至極。

打開皮箱，羅獵拿了卷書出來，此書封皮粗糙，只是書名「西洋通史」四個字寫得遒勁有力，書頁中的蠅頭小楷卻又是另外一種風格，靈動雋秀間又隱隱透露著不拘一格的個性。此書乃是羅公權花了整整四個月的時間一頁頁抄撰後裝訂而成，其目的是想讓羅獵在讀書的同時還能溫習一下老祖宗留下來的書法。

躺在右側屬於自己的下鋪上，羅獵捧著書認真地讀著，盡力使自己不被那對男女所影響到。

艙門再次打開，這一次，進來的是個瘸子。

瘸子長了個洋人的臉，卻說著一口流利的津門話，一進艙室，便吵吵嚷嚷要求羅獵跟他調換鋪位。

「小哥呀，行行好嘛，你看大伯瘸著一條腿，上上下下的多不方便？你年輕，腿腳靈便，爬高下低的也輕鬆不是？」

雖說都是一等船票，可上鋪比下鋪便宜了五塊大洋，羅公權擔心羅獵睡覺時不老實而掉下床鋪，因此才會多花五塊大洋，為羅獵買了張下鋪船票。瘸子要求調換鋪位，這原本正常，只是那五塊大洋的差價，卻始終未聽到瘸子提及。

對面那對男女還算是有些公德心，尤其是那女子，操著一口京腔，一點情面也不留將那瘸子埋汰了一頓。

瘸子不覺自己理虧，反倒是振振有詞：「嘛呀，咱要是有那五塊大洋的閒錢，不就直接買下鋪了嗎？」

「你這人……」那女人被嗆得是無言以對，只能低聲嘀咕了一句：「還真是不要臉！」

聲音雖小，但在狹窄的艙室之中，卻還是能讓人聽得清楚。瘸子聽到了，也不氣惱，只是拿目光死盯著羅獵，大有一副你不答應我就誓不甘休的勢頭。

羅獵倒不是怕，只是覺得煩，跟這三人還要相處十天之久，若是整日吵吵鬧鬧，那麼這十天將會有多難熬。放下書，羅獵一言不發，先將皮箱移到了上鋪，然後再拿著書爬了上去，吃點虧倒不怕，怕的是耳朵不得安寧。

瘸子心安理得地躺到了下鋪上，卻仍舊不能安靜下來，翹起腿，用腳尖踢了兩下上鋪的鋪底，問道：「我說小友，你姓嘛叫嘛？咱們交個朋友好不好嘛！」

羅獵懶得理他，只是翻了個身，繼續看他的書。

一聲汽笛長長響起，船體輕輕晃動，宣示此趟航行已然開始。

羅獵看了會書，看得睏了，又打了個盹，醒來之時，艙室中的那對男女以及瘸子都不見了人影。艙室沒有窗戶，看不到天色，而羅獵又無懷錶，只知道此時應該已是夜晚，但究竟為夜晚幾時，卻是無法得知。腹中稍感饑餓，想到長夜漫漫，若是等到明日早餐時分，還不知要硬挨多久，而爺爺為自己準備的那只皮箱中，裝著的行李僅有幾身換洗衣裳，幾本書籍以及一個裝了十張十元面額美金和各種身分證明的小牛皮製成的錢袋子，並無可以裹腹的乾糧點心。

船票是包含一日三餐的，只是羅獵不知道自己睡了多久，有沒有錯過船上餐廳的開飯時間，但轉念一想，同室的另外三人不約而同地出去了，說不定此時正好是餐廳晚飯時間。於是，將錢袋拿出踹在了身上，又將皮箱放進了倉櫃中鎖上了櫃門，跳下床鋪，出了艙室，再將艙室門關上鎖好，按照走廊中的標識牌，摸索著去尋找餐廳所在。

標識牌標注的雖是英文，但同時配有圖片，那個刀叉相交的圖案，想必便是餐廳的意思。羅獵順著指示，先上到了甲板，然後順著船舷樓梯上了三層，為旅客及船員們提供免費的一日三餐的餐廳，便在這三層之上。

轉身確定了餐廳所在，羅獵心中不禁暗喜，看來，晚餐時間並沒有被自己錯過。

驗過身分，走進餐廳，學著人家的模樣剛拿起一個餐盤準備打餐，忽聽身後傳來一陣嘈雜。羅獵下意識扭頭看去，但見兩名粗壯黑人船警像是拎著一隻小雞仔般拎起了一個跟羅獵差不多同齡的少年人。

第十章

賊的報復

羅獵處在茫然中，對漸漸逼近的危險卻是渾然不知。
沒有了證件，員警才不會相信一個中國少年的分辯，
甚至無需開庭審理便可以定下偷渡罪行，
坐牢是肯定的，弄得不好，丟了性命都有可能。

少年安翟並不瞎，只是善於裝瞎。裝瞎並非是安翟的天賦，而是師父逼迫不得已而苦練得來的技能。

安翟和羅獵是中西學堂的同班同學，中西學堂學費不菲，能入到中西學堂讀書的孩子，家境都很不錯。同窗五年，羅獵只見過安翟的母親，卻未見過安翟的父親，五年間，羅獵也曾數次問過安翟有關他父親的話題，可是，每次問起，安翟總是諱莫如深不願多說。

自光緒二十五年起，朝廷開始重視西洋科技，每年都會選派一些學業優秀的孩子分別赴歐洲北美等西洋國家留學。高小畢業那年，羅獵的爺爺為羅獵爭取到了一個赴美北美學的名額，安翟看著眼紅，也跟著報了名，或許是學業不夠優秀，也或許是關係沒托到位，更或是因為之前一年他拜了一個撈偏門混金點行當的人做師父。

金點便是算命看風水這一行當，安翟對此毫無興趣，可他母親卻非得逼著安翟拜師，說是若不拜師，就斷了安翟的學費。安翟無奈，只能順從了母親，只不過，金點之術並沒有學多少，只是跟師父學來了一套裝瞎子的好本事。

公派留學被淘汰，安翟再也無心留在學堂上，於是便跟著師父去了津門闖蕩江湖。然而，安翟想出國開開眼界的心思卻始終未能泯滅。半年多來，他多次來到港口觀察，終於被他琢磨出了一個混上輪船的辦法。

帶上工具，先躲進裝貨物的木箱中，讓搬運工人將自己連同木箱搬上船，然後再用工具將木箱撬開，如此便可以一分錢不花什麼手續都不用辦地搭乘輪船出了國。設想的倒是周全，安翟甚至考慮到了貨物在船艙中的堆放問題，萬一自己所在的木箱被堆放到了最裡面或是最底層，恐怕自己不被餓死也要被悶死。因而，他專門挑了那種裝運瓷器的木箱藏了進去。

混上輪船的過程很是順利，只是，安翟忙中出錯，竟然將準備好的乾糧落在了碼頭上沒能帶上輪船。

在船艙中躲到了天黑，肚子餓得實在受不了，安翟決定冒個險，上去透透風，順便再偷吃點東西。只可惜，剛混進餐廳，便被發現，兩個五大三粗的黑人船警猛撲過來，像是抓雞仔一般將他拎了起來。

那兩名黑人船警拎著安翟往餐廳外走，對付這種小混混，最簡單的辦法就是丟到海裡去餵魚。

「安翟？」無意間回頭一瞥的羅獵看見那兩名黑人船警拎起的少年居然是同窗好友，禁不住驚呼一聲，連忙追了過來。

安翟分辨出了羅獵的聲音，掙扎著高喊道：「羅獵，羅獵救我！」

羅獵飛奔過來，操著蹩腳英語道：「放下他，他是我的朋友。」其中一名黑人船警會說國語，只是相對於羅獵英文的蹩腳程度有過之而無不及，「不，不，他沒有船票，他只是一個小偷。」

會說國語就一定能聽得懂國語，正愁著自己的英文水準恐怕解釋不清的羅獵稍稍有些安心，於是便改口國語繼續道：「我和他是同班同學，他的船票……可能是弄丟了。」

安翟猶如溺水之人抓到了一根救命稻草，急忙跟道：「對，對，我的船票是被人給偷了。」

黑人船警顯然不肯相信，不住搖頭道：「你當我是三歲小孩麼？不，不，你的朋友沒有船票，按規定，我們只能把他丟進海裡餵魚。」

便在這時，同艙室的那個瘸子於遠處閃現，羅獵靈機一動，掏出了一張十元面額的美金，塞到了那黑人船警的手中，手指遠處的那瘸子，道：「就是他偷走了我朋友的船票，不信的話，你可以去搜他的身，我敢打包票，他一定是個喬裝打扮的小偷。」

那個會說國語的黑人船警將信將疑，但看在手中十美金的份上，還是將安翟交給了同伴看管，隨著羅獵一道，緩緩地靠近了那個瘸子。

越是靠近，那瘸子的長相及姿態便越是看得清楚。從相貌上看，此人確實是個洋人，可是，一舉手一投足之間，卻又少了許多洋人才有的味道。羅獵衝著黑人船警使了個眼色，然後迎頭向瘸子走來，老遠便跟瘸子打了招呼。瘸子見是羅獵，便笑呵呵停下腳步，像是等著羅獵一般。

當羅獵從正面走到瘸子的面前，那黑人船警也悄無聲息地來到了瘸子的身後。瘸子猝不及防，被黑人船警抓了個正著。

「幹嘛呢！為嘛要抓我？我可是正兒八經的旅客哦！」瘸子一邊抗議一邊亮出了他的船票。

黑人船警一隻手牢牢地抓住了瘸子的手腕，搖著頭用英文問道：「你是哪個國家的人？」

這句英文問話極其簡單，那瘸子也是聽了個差不多懂，但一張嘴回答出來的英文單詞卻仍舊是滿滿的津門味道：「啊母額麥瑞啃嘛！」

黑人船警毫不猶豫，立刻吹響了警哨，召喚來了同伴。

不由分說，必須搜身。

一搜之下，居然是驚喜連連，單是皮夾子便搜出了五隻，還有三隻懷錶，兩塊玉佩。

瘸子顯得很不好意思，解釋道：「剛開工，才幹了五炮活，收穫肯定不多嘛。」

人贓俱獲，黑人船警終於相信了羅獵的謊言，將瘸子的船票交到了羅獵的手上，並令同伴放了安翟。然後，和同伴一道，押著那瘸子，向餐廳外走去。瘸子在經過羅獵面前的時候，居然還衝著羅獵笑了笑，口中並嚷道：「小友你姓嘛叫嘛呀，咱們算是有緣，交個朋友嘛！」

羅獵陡然一凜，頓覺後背上汗毛孔全然張開，不由出了一身的冷汗，心中暗自念叨：「你要是被淹死了，可別來找我報冤，我也是沒辦法，誰讓你真是個小偷來的呢！」

安翟驚魂未定，手腳發軟，卻驚詫於羅獵的判斷，不由好奇問道：「羅獵，你是怎麼知道那瘸子居然是個小偷的？」

羅獵淡淡一笑，並未作答，只是將瘸子的船票遞給了安翟，並道：「咱們還是先吃東西吧，再晚就沒得吃了。」

既是免費晚餐，飯菜品質想必很是一般，船上洋人和中國人各半，因此餐廳也分為西餐和中餐兩個區域。出於對西餐的好奇，羅獵和安翟二人各領了一份西餐。領到了手上，倆兄弟頓生後悔之意，所謂西餐，不過是兩片麵包夾了一塊薄薄的肉餅。安翟狼吞虎嚥，三兩下便將一個漢堡打發進了肚子裡，羅獵看了眼安翟，輕歎一聲，將手上吃剩下的一半漢堡遞了過去。

「你吃。」安翟推了回來，並道：「我已經吃飽了，不信你聽。」安翟說來就來，用力收縮頸上喉間肌肉，硬生生打出了一個嗝來。這嗝打得倒是痛快明亮，只可惜，安翟的肚子不怎麼爭氣，剛才的用力，引發了腸胃的快速蠕動，咕嚕嚕響了一聲，其動靜並不比剛才的嗝要弱多少。

羅獵輕輕搖頭，堅持將那半塊漢堡塞到了安翟手裡。安翟訕笑著接過漢堡，不再客氣，喝了口水，只兩口，便將那半塊漢堡填進了肚子裡。「羅獵，幸虧你在船上，幸虧及時遇見了你，要不然，我恐怕這會子已經被扔進大海裡了。」安翟口中說著感謝的話，但臉上的神情卻顯露出本該如此的意思，似乎在表明他之所以能遇見羅獵，只是因為他的運氣比較好，而羅獵出手相救，原本就是羅獵的分內之事。

羅獵並不在乎這些，和安翟同窗五年，深知安翟個性，這貨嘴碎不說，還特喜歡招惹是非，惹了事還不能扛，以至於在學校裡除了羅獵之外再無朋友。不過，安翟也有很夠意思的時候，羅獵九歲那年，爺爺羅公權有要緊事需要出去兩個月，在那段時間裡，安翟將羅獵帶去了他家吃住，還將自己的床鋪讓給了羅獵，自己卻在地板上睡了足足兩個月。安翟還有個長處，便是對羅獵極為大方，自己要是有什麼好吃的好玩的，他保管會帶到學堂去跟羅獵分享。

「還要不要再喝杯水？不喝的話，就回去睡覺了。」羅獵將自己的半塊漢堡讓給了安翟，生怕說話多了睡覺晚了又會引起肚子餓餓，於是站起身來就想趕緊回去躺下，只要睡著了，就能順利挺到明天早餐時間。

安翟趕緊起身跟上，邊走邊道：「你就不想問問我怎麼上的船麼？」

羅獵頭也不回，快步向前，乾脆利索地回道：「不想。」

知道又能如何？上都上來了，難不成還要把安翟趕下船去？少年多好奇，但十三歲零三個月的羅獵卻比同齡人成熟了許多，好奇心也就減少了許多，尤其是相比再過四個月就滿十五周歲的安翟。茫茫大海，前途漫漫，既然走不了回頭路，那麼也只能硬著頭皮繼續向前，羅獵不敢想像等到了大洋彼岸，無親無故亦無留學身分的安翟將如何生活，他能做到的只是在這船上儘量地照顧好他而已。

瘸子陰溝裡翻船被抓了個人贓俱獲，黑人船警將他銬上了手銬，帶出了餐廳。身分既然被識破，瘸子也沒必要繼續偽裝成洋人，於是便舉起了帶著手銬的雙手撕下了臉上的偽裝，卻是一張做工極盡精巧細緻的人皮面具。「哦，終於可以透口氣了，這海風吹得，倍兒爽！」瘸子的神態未見失手被抓而應有的懊喪和絕望，反倒像是一個不得已辛苦勞作的工人終於完成了手上工作一般，輕鬆並愜意著。

那會說國語的黑人船警冷哼了一聲，聳著肩膀，不無嘲諷道：「等下將你扔進大海的時候，你會感覺更爽。」

瘸子突然緊張起來，左顧右盼一番後，可憐兮兮道：「求您了，咱換個處罰不行嘛？幹嘛非得將我扔進海裡呢，兄弟我又不會游泳。」

另一個黑人船警似乎也聽明白了瘸子的話，哈哈笑了兩聲，臉上以及身上的贅肉也隨著笑聲而顫動。「麥克，他說他不會游泳，真是可笑，扔進了海中，會游泳又能怎樣呢？」

那黑人船警說的是英文，句子長語速快，瘸子顯然沒能聽懂，嚷嚷道：「他說嘛呢？有嘛好笑呢？你看看他，笑得身上的肥肉都快化了。」

叫麥克的黑人船警幽默了一把，略帶笑意道：「他說，他可以為你提供一個救生圈。」

瘸子道：「那能有個嘛用呢，早晚不是被餓死就是被渴死，只可惜了兄弟咱登船時候偷來的好幾百美金了，咱要是死了，那些美金也就再也見不到天日了。」幾百美金可不是個小數目，而方才在餐廳中從瘸子身上搜出來的那些皮夾子懷錶什麼的足以證明瘸子的能力，而那些贓物是在眾目睽睽下搜出來的，自然要還給失主。但是，瘸子口中所說的這幾百美金卻是無人知曉，完全可以裝進自己的口袋。

叫麥克的黑人船警雙眼登時亮了：「說出那筆贓款藏在了哪裡，我可以不把你扔進海裡。」

瘸子嘿嘿笑道：「你當我傻呀，等你拿到了美金，要是不殺了我滅口，我就是你孫子。」

出了餐廳，穿過走廊，來到了船舷樓梯，兩個黑人船警不覺間從左右夾著瘸子的態勢變成了一前一後，留在了後面的麥克突然站住了腳，向著前面的黑人船警道：「詹姆斯，停一下，我想，這位先生很有可能為我們帶來驚喜，你知道的，我的妻子又要生了，我現在很缺錢。」

黑人在美利堅屬於底層人種，能選擇的工作無非是一些苦力活或是待遇極低的活，就像在這遠洋輪船上做船警，若是撈不到外財只單純拿薪水的話，一個月辛苦下來也不過就是十美金的樣子。

詹姆斯也停住了腳步，轉過身來，道：「麥克，你怎麼能相信唐人的話呢？

不過，我贊成你的建議，暫時不必將他扔進大海，先關起來，餓他幾天。」

瘸子像是聽懂了黑人哥倆的英文對話，卻又裝著沒聽懂一般，嚷嚷道：「你們說嘛呢！咱可先把醜化說在前面，你們要是真打算餓咱幾天，那還不如直接將咱丟進海裡。」

黑哥倆既然打定了主意，哪裡還會把瘸子的話當回事。從舷梯下到了甲板，又從甲板下到了船艙，黑哥倆將瘸子關進了一間儲物間中。

隨著咔嚓一聲，儲物間的門被關上並上了鎖，裡面的瘸子開始破口大罵：「這是幹嘛呢？咱跟你說白了吧，那幾百美金你也只有想想的份，看都不給你奶奶的看上一眼。」

門外，麥克衝著詹姆斯皺了下眉，又搖了搖頭，詹姆斯立刻心領神會，再次將儲物間的房門打開，在房間裡找了塊破布塞進了瘸子的嘴巴裡。

這下，終於安靜了，也不會有人發現這儲物間裡居然還藏著了個人。

麥克在船上當差已有五年之久，長期跟華人打交道，不單練就了一口溜熟的國語，還學會了該如何欺壓更低等的華人才能撈到油水好處的各種辦法。像房間裡關著的這個瘸了一條腿的竊賊，只要餓上他三天，他一定會傾其所有。

麥克和詹姆斯相視一笑，各自伸出巴掌擊了下掌，然後勾肩搭背有說有笑地爬上了甲板。瘸子原本是被銬在一根牢固的鐵管上，也不知道他用了什麼法子，沒等到那黑哥倆的說笑聲完全消失，便自行打開了手銬，取出了口中的破布。儲物間中黑燈瞎火，只有貼著地面的門縫能透露進來一絲光亮，外面的燈光並不明亮，因此透進去的光線也極為昏弱。就這麼點光亮，對瘸子來說，似乎足夠。

「你奶奶個親孫子，這是嘛情況呀，怎麼能那麼巧呢？」瘸子打量了一下儲物間，口中嘟囔著，走到了一個角落中翻騰出來一只木箱。打開木箱，瘸子從中拿出了一面鏡子，架在了面前，又從木箱中取出了些東西，照著鏡子往自己的臉上不停的擺弄。不大一會，瘸子看著鏡中的自己，露出了滿意的微笑。收起鏡子，瘸子又從木箱中拿出了一頂瓜皮帽和一身長衫，換上長衫，戴上瓜皮帽，又從木箱中摸出了一副圓框眼鏡架在了鼻樑上，瘸子這才收拾妥當了木箱，再從一旁摸出了一根文明棍，來到了門前。

門上的鎖對瘸子來說似乎根本不存在。

打開房門，走出儲物間時，瘸子已經徹底更換了形象，分明成了一個有學識的老考究。

海上風雲變幻，原本還是朗月繁星的夜空忽然就佈滿了陰雲，遮去了月光的夜幕將天與海連成了一片，船上的探照燈將黑暗撕開了一道口子，巨輪便像一頭巨大的海獸一般沿著這道口子緩慢爬行。

風漸起，浪濤也猛烈了一些，時間已是深夜，又擔心風暴來臨，甲板上的人們回到了自己的床鋪。餐廳早已經打烊，只有更高一層的賭場和歌舞廳依舊是燈火通明。

老考究打扮的瘸子走起路來也不瘸了，只是行動起來稍顯緩慢，不過，這倒也符合他的身分。瘸子對這艘巨輪的結構似乎很熟悉，在甲板上轉悠了一圈後，繞到了船尾，然後打開了一扇上面分別用中英文標注了閒人免進四個字的一扇鐵門，閃身而入。這是一條維修通道，即便白天，也很少有人通過，更何況夜色已深，輪船上的維修工人早已經完成了一天的作業進入了夢鄉。

通道中漆黑一片，但瘸子似乎能在黑暗中分辨景物，雖然動作謹慎，但卻不是因為視物不清，而是擔心腳步聲會招來不必要的麻煩。沿著通道向前走了大約十米，瘸子打開了一道側門，側門之內，是一個狹窄的只能允許一個人行進的鋼質簡易樓梯。順著樓梯向上攀爬，直到最頂端，此處的空間非常狹小，瘸子個頭雖然不高，卻也無法直立。半蹲仰著臉，瘸子打開了頭頂上的天窗，這裡已是輪船上的最高一層了，比此處還要高的只有煙囪。

瘸子將上身探出天窗，雙手搭在天窗兩側，猛然用力，整個人拔蔥而起，躍出了天窗。此時，海風中已經夾雜著密集的雨絲，瘸子全然不顧被雨水淋濕了剛換上的行頭，踮著腳尖，側身向頂層邊沿探照燈處快速奔去。到了探照燈的後面，瘸子俯下身來，伸手在探照燈下方的縫隙中摸索出一個半尺見方約兩寸厚的油布包裹。

一道閃電劈開，照亮了瘸子的面龐，分明看到瘸子的笑容甚是得意。

揣好了油布包裹，瘸子原路返回，只是沒下到底層便拐了個彎。晚上去餐廳原本只是想安安靜靜吃個晚飯，卻一時技癢，做了幾炮小活，哪知道陰差陽錯，居然栽在了一個小屁孩手上，害得他到現在都沒吃東西，肚子餓得是咕咕直叫。

船上所有的門鎖對瘸子都起不到絲毫作用，瘸子順利來到了餐廳的後廚。後廚中還剩了許多晚上沒吃完的飯菜，瘸子也不在乎溫涼，隨便弄了個漢堡便啃咬起來。一邊吃，一邊從懷中取出了油布包裹。

一層層打開至最裡層，赫然可見一對玉質手鐲。瘸子只打開了一盞壁燈，其光線極其昏暗，看不清玉鐲質地如何，但從瘸子的珍視程度上判斷，這對玉鐲肯定是價值不菲。連吃了兩個漢堡，肚子中有了回數，瘸子重新將這對玉鐲包裹起來揣在了懷中，然後大搖大擺，打開餐廳的正門揚長而去。

又是一道閃電劈來，接著便是隆隆雷聲，雨水一改如絲之狀，肆虐為滂沱之勢。風更急，浪更高，饒是巨輪有萬噸噸位，也不免有些搖晃。

普通艙中，許多第一次坐船遠洋的旅客已經出現了暈船的現象，如若體質較差或有其他疾病在身，經受不住這種顛簸搖晃，連日暈船至嘔吐不停，甚或會丟了性命。好在風暴來得快去得也快，也就是半個小時後，風歇雨停，陰雲散開，夜空中重新掛上了一輪皎月。

年少貪睡，羅獵和安翟並沒有覺察到夜間的風暴。待到一覺醒來，已是日上竿頭。

草草洗漱過後，哥倆急奔到餐廳吃了早餐，隨後來到了船頭的甲板上。驕陽似火，正值輪船行進的方向，視線中，海面上微微掀起的波濤在陽光的映射下散發出點點金光。雖是酷暑季節，但輪船已經行至大海深處，陣陣海風帶著絲絲涼意，抵消了些許陽光帶來的酷熱。

景色雖美輪美奐，但畢竟單一且缺乏變化，隨著太陽向南偏移，海面波濤散射出來的點點金光也隨之消散，哥倆頓覺乏味。而安翟體型稍胖，最是怕熱，只在陽光下多待了一會，便已是汗流浹背，心裡自然生出了趕緊回房間吹電扇涼快的念頭。只是羅獵不開口，安翟寧願硬挺著，也要堅持陪著羅獵。

羅獵既覺乏味，其實也有了回房間的想法，卻看到安翟汗流浹背卻依然硬挺的模樣實在可樂，於是便閉了口堅決不提回房間的事。安翟終於按捺不住，跟羅獵閒扯起來，想借著閒扯將話題引到回不回房間的問題上來。「羅獵，你知道我為什麼要偷偷上船來麼？」

羅獵眺望遠方，漠然搖頭道：「不知道，也不想知道。」

安翟解開對襟短袖馬褂，掀起衣角，擦了把汗，裝作很感慨的樣子，道：「洋人都那麼牛逼，我就是想去看看，他們憑什麼那麼牛逼。」

羅獵輕歎一聲，轉頭看了眼滿頭大汗的安翟，忍住了笑，一本正經道：「說粗口不好，在學堂的時候，先生就說過，只有地痞流氓才喜歡說粗口。」

安翟連著被懟了兩次，卻也不著急，閉嘴安靜了片刻，突然道：「羅獵，你想不想吃糖？洋人做的牛奶糖。」

洋人確實厲害，做出來的牛奶糖絲滑濃郁嚼勁十足卻又從不黏牙，比起國產的來，要好吃了不知多少倍。小孩子沒有不愛吃糖的，羅獵雖然已經成長為了少年，但孩童時期的這項喜好卻一直保留著。「你有嗎？拿出來啊！」關鍵時刻安翟拋出來的殺手鐧的確起到了應有的作用。

安翟裝模作樣在身上摸索了一番，頗為遺憾道：「我記得裝在口袋裡的呢，怎麼不見了？」說話間，偷偷瞄了眼羅獵，覺察到羅獵的眼神中充滿了期待，安翟忽地一笑，接道：「想起來了，昨晚睡覺的時候，我放到枕頭下去了。」

羅獵不覺是當，欣然應道：「那還不回去拿？萬一丟了多可惜啊！」

安翟陰謀得逞，臉上洋溢出得意之色，伸手攬住了羅獵的肩膀，小哥倆便要折頭回去房間。走到半道時，卻見前方陰涼處圍了一群人，安翟的好奇心遠超羅獵，見狀招呼不打一聲便從人縫中鑽了進去。人群中，一個頭戴瓜皮帽身著淺色長衫老者正在玩著三仙歸洞的江湖老把戲。

「走過路過不要錯過，在下姓周名為仁，今天借寶地給各位表演個小把戲，演得好，您各位扔個賞錢捧個場，演得不好演砸嘍，您各位儘管日祖宗操奶奶地臭罵我周為仁。」周為仁的同音便是周圍人，「罵我周圍人」也可理解為罵我周圍的人，這種跑江湖的說辭套路倒不是真的要罵誰不罵誰，而就是圖一樂，既然敢出來混江湖，手上自然有兩把刷子，除非遇到同行砸場子，否則絕對不會有演砸的可能。

老者吆喝完畢，當即表演，手法果然詭異，三隻紅色絨布縫成的小球在三隻青花瓷碗下捉摸不定，圍觀的人們雖然瞧得真切，卻無一能猜中結果。老者表演時的言語也夠俏皮，不斷逗著圍觀人們發出陣陣哄笑，正當人們看得如癡如醉之時，那老者突然喝了聲：「不好，船警來了！」當下，棄了耍把戲的碗和絨球，起身便扎進了人群中，左一擠，右一撞，衝出人群，一溜煙跑了個不見人影。

圍觀人們左右張望，卻不見船警的身影，眾人正詫異那變戲法的老者為何要棄了掙吃飯錢的工具時，忽聽有人喊道：「我的錢袋呢？我的錢袋丟了！」有一人喊出，其他人受到警示連忙查看自己身上攜帶的物品，一看之下，居然有七個人丟了不同的物件。人們這才恍然大悟，那老者變戲法是假，吸引眾人注意力形成圍觀然後趁亂偷東西才是真。

羅獵悄無聲息地靠到了安翟的身後，悄聲道：「那人便是昨晚的癟子！奇了怪了，他不是應該被扔進海裡去了嗎？怎麼還能留在船上呢？還有，你看他剛才一溜小跑的樣子，哪裡是個癟子啊！」

安翟不由向那老者消失之處張望了兩眼，然後轉過身來，頗為緊張地對羅獵道：「那他會不會來找咱們的麻煩呀？」

羅獵面色淡定如初，只是呼吸稍顯急促，一個年齡剛滿十三周歲的少年，即便心智如何成熟，在面對一個來自於成年人的潛在威脅時也難免會有些緊張和擔憂。「誰知道呢？不過也不用太擔心，船上那麼多人，又有那麼多船警巡邏，只要咱們小心點，別落了單，想必他也不能將咱們怎麼樣。」羅獵這番話是在安慰安翟，同時也在暗示自己，話音剛落，羅獵卻突然一怔，低聲喝道：「不好！」

安翟不知道在想著什麼，原本就不大的一雙眼睛瞇成了兩道縫隙，當羅獵喝出「不好」兩字的時候，這貨居然一點反應也沒有，仍舊呆傻著立於原地。羅獵撩起一腳踢在了安翟的屁股上，然後抓起安翟的胳臂便往舷梯那邊跑去。安翟被拉了個踉蹌，等調整好步伐後邊跑邊道：「他是個賊，要是真想報復咱們的話，一定會……」

安翟稍有肥胖，跑起來不如羅獵靈快，羅獵乾脆鬆開了手，任由安翟在身後氣喘吁吁邊跑邊碎嘴，自己則加快了速度，一口氣跑回到自己的艙室。室中無人，那對男女想必是去甲板散步了，羅獵更加緊張，一顆心都提到了嗓子眼上。顧不上喘口氣，羅獵趕緊掏出鑰匙打開了倉櫃的鎖，看到皮箱安然存在，不由鬆了口氣。

這時，安翟也跟著進來了。「羅獵，要打開箱子查看，我師父說過，有賊王級別的小偷，手法十分高明，偷走了他想要的東西，還會將他不想要的原封不動地給你放回原處。」安翟囉哩囉嗦之時，羅獵已然打開了皮箱。

換洗衣衫和書籍並不重要，只要那只裝了鈔票和身分證明的錢袋子還在就足夠了。羅獵清晰記得，昨晚上回來之後，他將那只小牛皮錢袋子塞到了換洗衣衫的下面。扒開衣衫，看到了那只錢袋子，羅獵不由鬆了口氣，再清點了錢袋子中的物品，羅獵露出了欣慰的笑容。

安翟及時地放出了一個馬後炮，道：「幸虧我反應快，想到了那個賊偷可能會報復咱們，你還沒看出來嗎？羅獵，他在路邊擺攤就是為了轉移咱們的注意力，然後趁亂來偷咱們的東西。」

東西沒丟就好，羅獵也懶得搭理安翟的廢話，隨手拿起了那本爺爺親手抄撰的《西洋通史》，躺在了床鋪上認真閱讀。安翟無趣，繼續碎嘴廢話又不得羅獵回應，乾脆也跟著躺到了床鋪上，不一會，竟然發出了輕微的鼾聲。

不怕賊下手，就怕賊惦記。那瘸子，手段之高明令人咋舌，且精通易容裝扮之術，若是將錢袋拿在身上，只怕會隨時著了瘸子的道，依舊放在皮箱中，即便將倉櫃的櫃門再多上一把鎖也不能放心，能從黑人船警的手上安然脫身，那瘸子想必精通開鎖之術，艙室房門也罷，倉櫃櫃門也罷，什麼樣的鎖多少把鎖，恐怕都阻擋不了那瘸子。

唯一能讓人安心的便只有將錢袋子揣在懷裡，且下定決心，接下來的旅程中再也不走出艙室房門。

羅獵是一個能靜得下來的少年，只要手中有書，卻也不覺得苦悶。安翟知曉那錢袋子的重要性，每日為羅獵打來三餐，倒也是毫無怨言，只是接下來的十多日，安翟再也沒能見到瘸子。

或許也曾見過，只是那瘸子精通易容裝扮，今日是個瘸子，明日又變成個紳士，一會是個中國人，一會又是洋人裝扮，外形變化多端，而安翟眼拙，自然認識不得。

輪船在日本橫濱逗留了半日，補足了給養，接著繼續向東航行，三日後抵達夏威夷，再一次補充給養後，一路航行至美利堅合眾國西海岸的三藩市港。

一聲汽笛長鳴，巨輪在駁船的引領下緩緩靠岸，拋下了鐵錨，放下了艞板，船上旅客早已經收拾好了行李，三三兩兩走出艙室，排成了長隊開始下船。同艙室的那對男女拎著大包小包歡快地離開艙室時，卻見羅獵安然不動，禁不住問道：「已經到岸了，你是不打算下船了麼？」

羅獵懷抱皮箱，安坐在下鋪上，淡淡一笑，回道：「這會兒下船的人太多，太擁擠，我們稍微等等。」

直到外面走廊中沒有了腳步聲，羅獵這才起身，安翟在前，羅獵拎著皮箱跟在後面，哥倆保持著極高的警惕性，下了舷梯，來到了甲板上，此刻，甲板上已經幾無旅客。

羅獵依舊沒有放鬆警惕，跟安翟調換了先後位置，他走在了前面，而安翟留在後面，以防有人突然竄過來搶走羅獵手上的皮箱。

當日金山烏雲密佈細雨霏霏，放下來已久的艞板因為旅客稀少沒有了遮擋而被淋得甚是濕滑，羅獵小心翼翼通過了艞板，雙腳踏上了陸地，禁不住舒了口氣，多達十二天的航行終於結束了。目光掃視下，前方通道一側樹蔭下，擺放著一個木桌，木桌後面，插著兩根竹竿，扯了一塊橫幅，上面書寫著「大清留洋學生接待處」，橫幅下端坐著一位帶著金絲邊眼睛身著白色襯衫的中年人。

羅獵趕緊上前，打開皮箱，拿出那只牛皮錢袋，掏出了自己的身分證明。

安翟緊跟在羅獵身後，不由又犯起了碎嘴的毛病，附在羅獵耳邊，悄聲道：「奇怪哈，怎麼就你一個人呢？」

那金絲邊眼鏡男的耳力甚是敏銳，居然聽清了安翟的問話，操著一口京腔沒好氣地回應道：「你們也不看看自己有多拖拉？別人早就辦完了手續，在外面候車呢！」

羅獵瞪了安翟一眼，示意他閉上嘴巴，免得得罪了這位先生。

金絲邊眼鏡男接過羅獵的各項證明資料，草草審視了一遍，便裝進了公事包中，然後伸出手來道：「學費由朝廷負擔，伙食費自負，一年五十刀，一次性繳清。」從羅獵手上接過五十美金，那男人再吩咐了一句：「你倆先在這兒候著吧，我出去看看他們走了沒有，若是沒走還好說，要是已經走了……」那中年男人稍一停頓，顯露出頗為無奈的神色，接著道：「那只好等著下一批了。」

想要有收穫就必須有付出，能躲掉瘸子的報復，平安抵達目的地並順利辦妥各項手續，就算需要等上一段時間，那也是值得的。羅獵拉著安翟，坐在了路牙石上安心等待。

「安翟，我走了，你怎麼辦？你是偷著混上輪船的，沒辦理出國手續，恐怕連港口都出不去啊。」

安翟若無其事笑了下，隨手在地上撿起了一粒小石子彈射了出去，同時道：「放心，我有辦法。」

羅獵拿出錢袋，掏出了剩下的四張十元面額的美金，分成了兩份，將其中一份遞給了安翟：「這些錢你拿去用，我爺爺說，一美元就相當於咱們大清的一塊銀元，二十美元省點花夠你花上一陣的。」

安翟猶豫了片刻，接過那兩張美鈔，又還回去了一張，道：「留一張就夠了，我有手有腳的，餓不著。」

羅獵執意不肯收回那張美鈔，又站起身來，向著那眼鏡男離去的方向眺望，口中疑道：「先生說只是看一眼，怎麼這麼久還沒回來呢？」

安翟拗不過羅獵，只得收好了兩張美鈔，應道：「可能外面人多，先生要應付一會。」

等了一會兒又一會兒，那位先生也不見影蹤，羅獵終於失去了耐心，向港口外走去。港口的大門設了口岸海關，出來進去的人都要查驗證件，而羅獵的所有證件全都被那位先生收進了公事包中，因而不敢貿然出關。立在口岸裡面，羅獵向外張望，一看之下，禁不住驚出了一身冷汗。

海關外，居然還有一個大清留洋學生接待處。

再扭頭看看剛才自己遇上的那個接待處，極其簡陋，使得羅獵頓時明白過來，千小心，萬謹慎，可最終還是著了那個該死的瘸子的道！懊喪也好，痛恨也罷，均已無用。羅獵只覺得頭腦一片茫然，似乎失去了意識，只能呆立在原地。

海關中，一名緝私員警覺察到了異樣，一邊向羅獵走來一邊問道：「你是誰？請出示你的證件！」

羅獵仍舊處在茫然之中，對漸漸逼近的危險卻是渾然不知。沒有了證件，員警才不會相信一個中國少年的分辯，甚至無需開庭審理便可以定下偷渡罪行，坐牢是肯定的，弄得不好，丟了性命都有可能。

身後，安翟看到羅獵突然立住且一動不動，不知道發生了什麼，急忙大聲喊道：「羅獵，羅獵！」安翟的叫聲驚醒了羅獵，隨即便看到了正往自己這邊走來的員警，立刻意識到了危險，連忙掉頭向安翟那邊跑去。「安翟，不好了，剛才那個先生是船上的癟子所扮，他騙走了我的證件！」

安翟向前迎了兩步，急切問道：「那怎麼辦？」剛想站住腳商量一下，卻見不遠處一名白人員警手中揮舞著一根黑色短棍，口中嘰哩哇啦叫嚷著什麼，並向自己這邊奔來。「快跑，羅獵，員警追來了。」

港口足夠大，但供旅客通行的空間卻只有五米來寬，兩側帶刺的鐵絲網足有三米之高，莫說是少年，就算是有輕功的練家子也難以翻越過去。

只能向海邊狂奔。

巨輪仍舊停泊在遠處，若是能登上巨輪，趁著混亂溜到卸貨的一邊，興許會甩開員警，甚至能出了港口。可是，就在哥倆奔跑的過程中，巨輪上的船員已經開始收回艤板了。

「咋辦呢？」巨輪的船舷和岸邊足有十米之距，除非生了一對翅膀，否則絕無可能登上巨輪。轉頭看到四五名員警揮舞著黑色短棍越追越近，其中一名還拔出了手槍，安翟的一雙小眼中流露出了驚恐的神色。

羅獵的回答簡單且堅定：「跳！」

哥倆都會游泳，而且水性還都不錯，只是從來沒在海裡游過，對大海稍有些怯意。但形勢所迫，對員警的恐懼完全壓制住了這份怯意，因而，哥倆連鞋子都顧不上脫去，便一頭扎進了海中。

員警們追到了岸邊，卻不願就此放棄，紛紛拔出槍來，向著大海中的羅獵、安翟便是一通亂槍。虧得那幫員警的配槍有效射程僅有五十米，而此時羅獵和安翟已經游到了巨輪的船首處，距離那幫員警的距離早就超過了五十米。饒是如此，那一聲聲的槍響，還是令羅獵、安翟心驚膽戰。

這種事情上，哥倆可謂是毫無經驗，此時只需要繞過船首，來到巨輪的另一側，那麼員警們即便搬來了大炮也奈他們不何。哥倆只知道盡力向遠處游，潛意識中認為，游得越遠便就越安全。

此時，船首甲板上，一群白人船員正在看熱鬧，其中一名衝著海裡的羅獵、安翟吹響了呼哨，玩笑喊道：「嗨，當心鯊魚，牠們可是餓了好多天了！」又有一名上了點年紀的白人船員則解下了掛在船舷上的救生圈，拋向了羅獵、安翟，好心喊道：「上帝保佑你們，小夥子，祝你們好運！」

救生圈不偏不倚落在了羅獵的面前，羅獵抓到了救生圈，不由轉過頭來，向著船首揮了揮手。有了救生圈，哥倆輕鬆了許多，游進的速度也加快了些許。

安翟年長一歲，又多了半年闖蕩江湖的經驗，此時率先冷靜下來，單手搭著救生圈，翻了個身，變成仰泳姿勢，並左右打量，將附近海岸觀察了一遍。

「羅獵，咱們向左邊游，左邊偏僻，肯定能找到上岸的地方。」

羅獵學著安翟也換成了仰泳的姿勢，跟著觀察了一下海岸，雖然不敢確定安翟的建議就是對的，但也說不出有哪兒不對。缺乏經驗，只能是撞運氣。

港口中，那幾名員警眼看著兩名偷渡者越游越遠，卻並不著急，其中一名從口袋中掏出了警哨，吹了起來。三長兩短，表達了偷渡者已經跳海逃匿的資訊。口岸海關值班的官員聽到了這種哨音，立刻拿起了電話，接通了海岸警衛隊。

羅獵和安翟正奮力向前游著，隱隱聽到身後傳來發動機的轟鳴聲，扭頭一看，卻見數艘快艇正向這邊疾駛而來。其中一艘快艇上還用著喇叭喊起了話。

喊話用的是英文，通過擴音器後顯得有些含混不清，羅獵一時沒能聽懂，不過，聽不懂卻也能猜得出，無非就是命令自己停下來而已。聽從命令或是抗拒命令已經無關緊要，人游泳的速度根本趕不上快艇的十分之一，早晚都是個被抓，那還不如省點氣力。

濕漉漉被拎到了快艇上，海岸警衛隊的隊員毫不客氣，立馬給羅獵、安翟銬上了手銬。偷渡者的處理權在海關，海岸警衛隊將羅獵、安翟帶上了岸之後，便將此二人交給了海關警署。

海關警署配有暫時關押嫌犯的牢房，羅獵和安翟便在其中待了一整天。境況比想像中要好許多，海關警署的員警似乎很講人道，不單解下了二人的手銬，還隨時給些水喝，另外管了兩頓飯。

第二天中午，一名掛著警司銜的員警帶著一名華人來到了牢房的鐵柵欄前，那警司手指羅獵和安翟，向那華人問道：「湯姆，你願意出多少錢？」

那個叫湯姆的華人只瞥了一眼，便哈哈大笑起來，「阿sir，別開玩笑了，他們還是個孩子。」

警司搖頭道：「不，湯姆，不，在我這兒，只有男人和女人的區別，只要是男人，就可以做勞工。」

湯姆顯得有些無奈，苦笑著聳了下肩，向那警司伸出了兩根手指，道：「二十刀，我最多出二十刀！」

警司呲哼了一聲，道：「一人二十刀？湯姆，你真是越來越可愛了，好吧，加一起共是四十刀，成交！」

湯姆瞪圓了雙眼，攤著雙手，道：「不，不，尼爾森，你不能這樣，你分明是明白我的出價的，兩個人，一共二十刀。」

叫尼爾森的警司大笑起來，一把攬住了湯姆，並用力拍打著，「貴國有個詞彙，叫各讓一步，三十刀，多出來的十刀，就當是他們兩個的飯錢，好麼？」

湯姆抓住尼爾森拍在他肩膀的那隻手，甩到了一邊，嚷道：「走開，尼爾森，你知道你的熊掌有多大力氣麼？我的肩胛骨都快要被你拍碎了。好吧，看在上帝的份上，三十刀就三十刀好了。」

尼爾森伸出了巴掌，等在了半空中，湯姆聳了下肩，微微搖著頭，輕歎了一聲，也伸出巴掌，跟尼爾森輕輕對了一下。然後從口袋中掏出了三張十元面額的美鈔，交到了尼爾森的手上。尼爾森接過美鈔，放在嘴邊親吻了一下，然後舉向了空中，動作相當誇張。「噢，上帝啊，你知道我有多麼的愛他麼！」尼爾森收好了美鈔，拿出鑰匙，打開了鐵柵欄上的鎖。

「走吧，兩位，天知道我這三十刀什麼時候能賺回來。」湯姆衝著羅獵安翟二人歎了聲氣，轉身先邁開了腿。

羅獵安翟愣了愣，交換了一個眼神，然後跟在了湯姆的身後。防範如此鬆懈，使得這哥倆不免產生了想要逃走的念頭，而那個相互交換的眼神，便是在告訴對方，只要出了警署，便立馬撒腿跑他個奶奶的。

然而，剛走出牢房的大門，羅獵、安翟二人便不約而同地打消了逃跑的念頭。門外，兩輛黑色別克轎車旁，立著五六名粗壯華人漢子，見到湯姆出來，其中一人立刻遞上了一根雪茄。湯姆叼上雪茄，那人手中已經劃燃了火柴，湯姆低下頭，就著火點燃了雪茄，深吸了一口，緩緩地吐出了一個愜意的煙圈。

那人給湯姆點完了雪茄，單手輕揚，將火柴彈了出去，仍在燃燒的火柴梗帶著一絲青煙在空中劃出了一道優美的弧線，落在了路邊的草叢中，再一扭頭，那人看到了羅獵和安翟。「濱哥，怎麼是兩個小孩？」

湯姆的中文名字叫曹濱，祖籍平波，十五歲那年，跟父親一道偷渡到了金山。他父親的身體本來就不好，在金山做勞工的條件又非常艱苦，到了金山不過一年，他父親病故，留下了十六歲的曹濱孤身一人獨自打拚。二十年時光猶如白駒過隙一晃而過，如今的曹斌在金山一帶華人勞工中擁有著絕對的權力和地位。

「他們兩個，讓我想起了二十年前的我。」曹濱淡淡回應。再抽了一口雪茄後，以右手拇食兩指捏住了雪茄，向身後揚去。手下兄弟立刻接了過來。

曹濱轉頭看了眼羅獵、安翟，拉開了車門，坐進了轎車的後排座上，手下兄弟立刻為曹濱關上了車門。車門剛關上，曹濱卻打開了車窗，吩咐道：「讓那倆小子上我車吧。」為曹濱點煙的那兄弟立刻將羅獵、安翟帶了過來。

轎車啟動，出了海關警署的大門，駛上了海濱大道。筆直寬闊的水泥路面，兩側高樓林立，呈現出一幅現代繁華的景象。羅獵坐在後排座的中間，目光直視轎車前窗外的景象，心中雖有感慨，但面若沉水，不動聲色。身旁安翟則透過自己一側的車窗看著一側的高樓大廈，嘴巴裡不由發出嘖嘖的驚歎。

「你們兩個，真的是偷渡過來的嗎？」後排座左側，曹濱仰靠在座椅後背上，微微閉起了雙眼，問話的聲音很輕，口吻中有著一種不鹹不淡的感覺。為曹濱點雪茄的那兄弟坐在副駕的位子上，此時半轉過身衝著羅獵、安翟警告道：「你倆最好說實話，濱哥不喜歡愛撒謊的孩子。」

安翟轉過頭來，剛要開口，卻被羅獵搶了先：「我們不是偷渡，我們是大清公派過來的留洋學生，因為在船上指認了一個賊偷，遭到了那賊偷的報復，騙走了我們兩個的證件。」

曹濱聽了，卻無任何反應。

轎車在海濱大道上行駛了一段，然後轉向了東方，只見道路兩側的高樓大廈更加密集，而路上的車輛及路邊的行人也多了許多。繁華區域也就這麼一段，再往前，高樓逐漸稀少，但路邊的行人卻是不減，只是，單看衣著打扮便可分辨清楚，此一帶，華人居多，洋人稀少。

「到家之後，把辮子剪了吧。」瞇著雙眼的曹濱冷不防又冒出了一句。

不等羅獵等人有所反應，副駕上的那兄弟倒是回答得乾脆：「是，濱哥！」

愣了有幾秒鐘的樣子，羅獵才開口表態：「不，我不剪。」

副駕座上的那兄弟立刻扭頭過來，惡狠狠瞪了羅獵一眼。曹濱擺手制止了那兄弟進一步的恐嚇，平淡問道：「為什麼不肯剪呢？」

羅獵脫口答道：「我爺爺不讓剪。」

曹濱再一次沒有了回應。

車子繼續向前，眼前景象竟然逐漸熟悉起來，尤其是路邊的招牌，上面寫著的不再是陌生的英文，而是變成了漢字。車子在一處院落前緩緩停下，此院落和周圍的建築有著明顯的不同，圍牆雖高，但齊腰高以上，全是紅磚壘成的花格，院落大門也不再是傳統的木質朱漆大門，而是兩扇鐵質柵欄。見到車來，柵欄大門裡面立刻現出一人打開了大門。車子緩緩駛入，門內是一條以青石磚砌成的徑道，青石磚非常規整，雖然磚與磚之間的縫隙清晰可見，但車子行駛在上面，卻是幾無顛簸感。徑道兩側全是叫不出品種的樹木，樹幹不高，但樹冠寬闊，在徑道上方拱出了一個林蔭長廊。

這條林蔭徑道足足有百米之深，車子駛出了這條徑道後，眼前豁然開朗。偌大一片水池中生滿了荷葉荷花，水池正中，是一塊高聳著黑黝黝的假山石，水池之後，是一片開闊地，再往後，才是一幢古典歐式樓房，樓房不高，僅有三層，但占地面積頗大，寬約五十來米，深也有個近三十米。

「阿彪，安排他們理髮洗澡，再上街給他們買幾身衣服。」車子停在了樓前，曹濱直接打開車門下了車，衝著迎上來的阿彪吩咐了一句，然後徑直登上了樓房門口的台階。安翟從沒坐過小轎車，擺弄了幾下車門，卻未能打開。阿彪從車尾處繞過來，伸手拉開了車門。

「我不要剪辮子！」羅獵安坐於遠處，一雙仍顯稚嫩的雙眼卻透露著堅定的神色。安翟的一隻腳已經沾了地，聽到羅獵的倔強，立刻將邁出車門的那隻腳收了回來，和羅獵一樣，堅定說道：「我也不要剪辮子。」

阿彪跟了曹濱十多年，對老大的心思頗為瞭解。在曹濱眾多產業中，買賣勞工是一項最賺錢的生意，雖然童工的利潤稍顯薄弱，但蚊子的腿肉雖少卻總還是肉。只是，很顯然，老大濱哥跟車內的這兩個孩子似乎頗有緣分，並沒有打算將他們當做勞工進行買賣。

「怎麼？還想著拿回證件重做大清公派的留洋學生？省省吧，不把辮子剪了，濱哥就沒辦法幫你們辦理新的身分證明，要是被洋人員警遇到了，還得將你們扔回監獄去，到那時，還指望濱哥花錢把你們買出來麼？」

阿彪靠在轎車屁股上，從口袋中摸出了一包萬寶路，叼上了一支，再摸出火柴出來，劃著了一根點上了香煙，噴了口煙霧，接著又道：「你倆是不知道，如今可不比以前了，以前的洋人們，可真是歡迎咱們這些大清朝的牛尾巴，能吃苦，能受罪，什麼樣的髒活累活都會搶著做，這裡可是沒少了咱們大清子民的貢獻。可如今，他們偉大了，繁榮了，不需要咱們這些牛尾巴們了，於是便抱怨起來，說是咱們搶走了他們的飯碗，賺到的錢不會留在這裡，只會攢起來，然後偷偷摸摸帶回去。剪了辮子，就表明你不再打算回大清，洋人們才會勉強接受你……」稍一頓，阿彪再抽了口煙，苦笑道：「唉！我跟你們說這些幹嘛，簡單一句話，愛剪不剪！」

安翟有些猶豫，縮回來的腳再一次邁了出去，可扭頭看了羅獵一眼，遲疑了一下，終究還是將腳收了回來。

對大清子民來說，辮子不單單是美觀，更是一種身分的象徵。頭上沒有了辮子，那還能是大清子民麼？等入土之後，自家祖宗還肯相認自己麼？

請續看《替天行盜》第二輯卷十　綁架蹊蹺

替天行盜 II 卷9 喪屍再現

作者：石章魚
發行人：陳曉林
出版所：風雲時代出版股份有限公司
地址：10576台北市民生東路五段178號7樓之3
電話：(02) 2756-0949
傳真：(02) 2765-3799
執行主編：劉宇青
美術設計：許惠芳
行銷企劃：林安莉
業務總監：張瑋鳳

初版日期：2022年7月
版權授權：閱文集團
ISBN ：978-626-7025-64-2
風雲書網：http://www.eastbooks.com.tw
官方部落格：http://eastbooks.pixnet.net/blog
Facebook：http://www.facebook.com/h7560949
E-mail：h7560949@ms15.hinet.net
劃撥帳號：12043291
戶名：風雲時代出版股份有限公司

風雲發行所：33373桃園市龜山區公西村2鄰復興街304巷96號
電話：(03) 318-1378
傳真：(03) 318-1378
法律顧問：永然法律事務所 李永然律師
北辰著作權事務所 蕭雄淋律師

行政院新聞局局版台業字第3595號 營利事業統一編號22759935

定價：290元

國家圖書館出版品預行編目資料

替天行盜 第二輯 ／ 石章魚 著. -- 臺北市：風雲時代出版股份有限公司，2022.02- 冊；公分

ISBN 978-626-7025-64-2（第9冊；平裝）

857.7 110022741